20

EL BARCO DE VAPOR

Dedos
en la nuca

sm Joaquín Turina 39   28044 Madrid

Colección dirigida por **Marinella Terzi**

Primera edición: noviembre 1997
Segunda edición: febrero 1999

Ilustración de cubierta: *Alfonso Ruano*

Título original: *Fingers on the back of the neck*
© Lemniscaat b.v., Rotterdam, 1996
© Margaret Mahy, Uri Orlev, Charles Mungoshi, Susan Cooper,
   Roberto Piumini, Klaus Kordon, Eiko Kadono, Paul Biegel,
   Kit Pearson, Bjarne Reuter, Jordi Sierra i Fabra
© Ediciones SM, 1997
   Joaquín Turina, 39 - 28044 Madrid

Comercializa: CESMA, SA - Aguacate, 43 - 28044 Madrid

ISBN: 84-348-5696-4
Depósito legal: M-688-1999
Fotocomposición: Grafilia, SL
Impreso en España/Printed in Spain
Imprenta SM - Joaquín Turina, 39 - 28044 Madrid

No sé cómo ha llegado este libro a tus manos, aunque no creo que te haya costado mucho esfuerzo conseguirlo. Lo has comprado, te lo han regalado... «Quiero un libro de cuentos de miedo», has pedido en la biblioteca. Así de fácil.

Sin embargo, no es tan sencillo en otras partes del mundo. Hay lugares en los que hay pocos libros y muy poca gente tiene la oportunidad de leer. ¿Te imaginas un mundo sin libros?

Leyendo podría decirse que vives como quieres, que puedes inventar lo que vives, que puedes vivir lo que lees. Todo consiste en escoger bien la lectura y lanzarse a la aventura de conocer otros mundos, otras gentes, otras culturas, otras ideas. Leyendo nos hacemos más comprensivos y tolerantes.

IBBY (The International Board on Books for Young People) es una organización no gubernamental, sin ánimo de lucro, de autores, ilustradores, traductores, libreros, bibliotecarios y editores de más de sesenta y cinco países que intenta acercar los libros a los niños y jóvenes de todo el mundo, especialmente en los países en vías de desarrollo, con la firme convicción de que los libros son el medio más eficaz para fomentar la tolerancia y el entendimiento entre los pueblos.

La Serie Roja de El Barco de Vapor ha llegado al número 100. Para celebrarlo hemos decidido publicar esta obra, *Dedos en la nuca*, en la que han participado once autores de diferentes países con otros tantos cuentos de terror. Hemos elegido este título por dos razones: una es que parte de los beneficios de la venta de este libro irá destinada a IBBY, para que pueda seguir trabajando en su propósito de lograr un mundo mejor para los niños a través de la lectura. Y la otra es que sabemos que te encantan los relatos de terror. ¡Que te diviertas!

María Jesús Gil Iglesias
Miembro del Comité Ejecutivo de IBBY

Dedos en la nuca

MARGARET MAHY (Nueva Zelanda)

CUANDO Ivor era muy pequeño y paseaba por el muelle con su bisabuela May, le gustaba sentir sus dedos en la nuca. Si tropezaba con las tablas, ella le ayudaba a levantarse con un «¡Aúpa!». En cambio, a los ocho años, cuando los juegos de ordenador empezaron a interesarle y estaba completamente decidido a ir a San Cristóbal, la escuela más elegante de la ciudad, su contacto afectuoso comenzó a irritarle. Y a los doce años, cuando los largos dedos de May eran mucho más artríticos y nudosos, apenas podía soportarlo.

—Es odiosa esa forma que tiene de acariciarme el cuello cuando salimos a pasear —se quejaba a su madre—. Y esa manía de decir «¡Aúpa!», como si fuera yo quien está a punto de caerse y no ella.

—Debes tener paciencia —decía su madre—, merecerá la pena algún día. Ella te adora y está realmente forrada.

Quería decir que la bisabuela May era muy rica.

¡Rica! Al principio le había parecido una palabra de cuento de hadas, como «mago» o «unicornio». Pero después de algún tiempo, las gruesas alfombras de colores pálidos de May, sus pesados

7

cubiertos de plata y los cuadros de las paredes parecían susurrarle una y otra vez: «¡Rica! ¡Rica! ¡Rica!», cuando iba a visitarla. Si por alguna razón su padre no podía costear los gastos de San Cristóbal, Ivor creía que May le ayudaría. Su madre decía que lo haría. Fue una desagradable sorpresa descubrir que, en realidad, May desaprobaba las escuelas privadas. Podía ser rica, pero no tenía ningún sentido de la elegancia y, para la madre de Ivor, la elegancia lo era todo.

Un sábado tras otro, Ivor tomaba el autobús en la parada del otro lado de la colina para dirigirse a la solitaria orilla del puerto donde vivía la bisabuela May. Y en uno u otro momento de la aburrida tarde del sábado, May proponía un paseo hasta el borde del mar y a lo largo del muelle.

A veces la marea estaba alta y las olas rompían contra el muro de contención. Otras veces, Ivor y May se encontraban frente a una gran extensión de fango brillante y el mar en la distancia, como una simple mancha de un verde nebuloso. Pero, a diferencia del mar, el muelle no cambiaba.

Era un muelle largo y, cuando Ivor paseaba por allí con May medio paso por detrás de él, tenía la impresión de que se alargaba misteriosamente. Después de tantos sábados durante todas aquellas semanas, meses y años, lo conocía de memoria. Había un tablón grueso, con un nudo en la veta agrietada y un particular agujero que parecía hacerle guiños al pasar por encima. Otro emitía un resonante «clonc» cuando se paraba encima y luego un sonido más suave, menos definido, al echar a andar de nuevo. Las gaviotas y, en ocasiones, algún martín pescador se posaban en las desgastadas barandillas del muelle, observaban a Ivor y a su bisabuela acercarse a ellos paseando y levantaban el vuelo en el último momento. Las gaviotas daban vueltas perezosamente y con frecuencia regresaban para descansar una vez más en la barandilla, pero el martín pescador salía disparado, semejante a una joya que explotaba sobre el mar.

—¿Tú eres rica, May? —había preguntado una vez Ivor de pequeño.

—Oh, bueno, he apartado lo suficiente por si vienen tiempos difíciles —había contestado ella con tono de desaprobación, como si la palabra «rica» fuera una especie de palabrota. Y él ya no se atrevió a preguntarle cuánto había conseguido reunir y qué pasaría con todo ese dinero cuando ella muriera.

Algunas veces le había permitido armar una tienda en el descuidado jardín y acampar fuera toda la noche. May no acampaba con él, pero se sentaba a la puerta de la tienda con un termo de chocolate caliente, que compartían mientras escuchaban las risitas de las zarigüeyas que saltaban entre las ramas del ciruelo, y el ruido de los erizos al arrastrarse en verano. Sin embargo, era extraño que el sombrío y recoleto jardín no tuviese nada del misterio que parecía rodear al abierto y soleado muelle. O quizá el misterio no estaba *alrededor* de él, sino *en* él, rezumando invisible en la vieja madera a través de los crujidos del tiempo y la intemperie.

Y «clonc». El tablón suelto siempre hacía sonar su nota única cuando lo pisaba, y después suspiraba un poco cuando Ivor volvía a pisarlo para irse. Bajo su mano, la barandilla tenía un tacto áspero, de madera astillada. Y más pronto o más tarde, la bisabuela May, que caminaba detrás de él bastante más despacio que unos años antes, dejaría caer su mano suave y cariñosamente sobre la nuca de Ivor.

—El agua nunca está completamente clara... nunca está *brillante* —dijo May una vez—. Pero yo le he cogido cariño a este verde triste. En cierto modo parece más verdadero, porque la vida también es triste, ¿no crees?

Ivor despreciaba las vidas tristes. Siempre pensaba que la gente rica era abierta y animada, brillante. Los ricos preferían las playas arenosas y alegres y, aunque sus padres tenían que esforzarse por conseguir el dinero suficiente, trataban de vivir como los ricos. Todas las Navidades alquilaban una casa de vacaciones junto al mar, donde no había una boca del puerto que estorbase las grandes olas y las posibilidades de practicar el surf. Nadando en el mar, Ivor también se sentía brillante. Una vez pasadas las vacaciones, soñaba con ese otro mar y con la arena seca y blanca quemándole las plantas de los pies, mientras él y May paseaban juntos por el muelle.

—¿Cómo llegaste a ser rica? —preguntó en una ocasión a su bisabuela.

—Compré una parcela de terreno hace algunos años —dijo—, poco antes de que muriera Meg (Meg era su hija, la abuela de Ivor. Ella y su marido habían muerto en un accidente de coche antes de que Ivor naciera). Y después la vendí por mucho dinero. Pero en realidad no es que sea rica, es que vivo con sencillez..., no gasto mucho.

10

—Mamá dice que eres rica. Que podrías ayudarnos mucho más de lo que nos ayudas.

May se quedó en silencio un momento.

—Probablemente sabes que yo pienso que tus padres derrochan el dinero —dijo por fin—. Y a mí no me gusta el derroche. Yo cuido del dinero porque puede ser que un día de éstos tenga que pagar a alguien para que cuide de mí —se interrumpió e hizo una pausa—. ¡Oh, Dios mío! ¿Qué ha sucedido aquí?

En las tablas, junto a la barandilla del muelle, había un agujero ovalado producido por el fuego. Todavía estaba ardiendo por los bordes. Alguien tenía que haber encendido un fuego ahí encima.

—¿Cómo puede hacerse una cosa tan estúpida? —dijo May enfadada—. ¡Puro vandalismo!

—Está completamente quemado —dijo Ivor. Miró dentro del agujero y se quedó fascinado al descubrir el mar debajo. Era como si de pronto al muelle le hubiera salido un ojo, de color negro en el lugar donde los ojos humanos son blancos, con una pupila verde, profunda y taimada. Dio un salto atrás.

—No creo que sea peligroso —dijo May—. Quiero decir que no creo que vaya a empezar a arder de nuevo. Pero llamaré a la oficina del puerto cuando vaya a casa.

Llegaron al final del muelle. La marea estaba alta y bajaron los escalones hasta el borde mismo del agua.

—¡Ten cuidado! —dijo May, como si todavía fuese un niño de cuatro años. Pero Ivor no le prestó atención.

Miré dentro de ti, allí atrás —parecía estar diciéndole el mar—. Vi lo que había en tu corazón.

De camino a casa, tuvo buen cuidado de pasar lo más lejos posible del ojo quemado y, el sábado siguiente, el agujero estaba tapado con una plancha de hojalata. Hacía un ruido metálico al pisarlo, pero Ivor apretaba con fuerza los pies, porque él sabía que, aunque cegado, el ojo estaba todavía allí debajo y siempre reconocía su paso.

Tras cumplir doce años, Ivor comenzó a espaciar las visitas a May. Con el paso de los años, sus padres decidieron tenerle en cuenta cada vez más en sus viajes y excursiones.

—Esta Navidad vamos a salir *de verdad* —dijo su madre—. No quiero decir sólo ir al norte. Vamos a acercarnos a Oz... a la Costa de Oro. Una pequeña aventura.

—¿Cómo se te ocurre semejante plan? —dijo su padre indulgente y a la vez irritado—. No ha sido el mejor año, en lo que se refiere a los negocios, y si Ivor va a San Cristóbal, el año que viene tendremos muchos gastos.

—¿Qué quiere decir eso de si...? —preguntó Ivor, repentinamente alarmado.

—Bueno, en esta vida no hay nada seguro —contestó su padre—. Yo me esfuerzo, pero no estoy *hecho* de dinero. Y San Cristóbal..., ya sabes que es una escuela muy cara.

Pero la madre de Ivor le echó los brazos al cuello cariñosamente.

—Si sólo trabajas y nunca te diviertes, eres un tonto —se quejó—. Y a Ivor y a mí no nos gustan los tontos. Además, ¿quién sabe? Podemos ganar bastante para pagar diez veces los gastos.

—Si me dieran un dólar cada vez que te oigo un argumento como ése, podríamos comprar la escuela entera —dijo su padre.

A pesar de todo, volaron en clase turista a la Costa de Oro, donde el mar era brillante y hermoso y había arena caliente en abundancia. Las playas estaban atestadas, pero a Ivor le gustaban las multitudes. Se dio cuenta de que el viejo muelle solitario siempre le había asustado de alguna manera. Siempre le hacía pensar que iba a ocurrir algún terrible accidente. Pero todavía no había sucedido nada allí. En otro caso, May se lo habría contado. Sin duda ella le quería —de eso estaba seguro Ivor—, pero ya sabía que el amor no le gustaba especialmente, a menos que fuese acompañado de otras cosas.

A mitad de las vacaciones, uno de los vecinos de May llamó para decirles que la bisabuela había sufrido una mala caída. Estaba en una silla de ruedas y los vecinos se ocupaban de ella; una enfermera del distrito la visitaba una vez al día.

—Ha sido una rotura mala —dijo el vecino al padre de Ivor—. ¿Cuándo vuelve usted a casa?

—Dentro de unos cinco días. Iríamos antes, pero ya sabe usted lo que son este tipo de vacaciones. Todos los vuelos están reservados.

Cuando regresaron, fue inmediatamente a ver a May. Volvió triste y preocupado.

—No es que esté muy mal —dijo—. Bueno, está débil, pero razonablemente animada. Sin embargo... —miró a Ivor y a su madre con cautela— sería una buena idea que Ivor se olvidara de San Cristóbal por un año o dos.

Ivor y su madre chillaron a la vez como si les hubieran apuñalado.

—No le hará daño ir a una escuela pública durante un tiempo, ¿o sí?

—Es completamente diferente —dijo su madre.

—Bueno, deberías haberlo pensado antes —contestó su padre bruscamente—. Te advertí una y otra vez. Hemos gastado demasiado en estas vacaciones, más aún de lo que yo había pensado. Y May no podrá ayudarnos.

—¿Por qué no?

—Va a necesitar un ama de llaves que viva en la casa y se ocupe de ella —explicó el padre—. Y puede vivir años. De todas maneras, no creo que le causara muy buena impresión si le pidiese dinero precisamente ahora, aunque fuera para Ivor. No después de nuestras vacaciones.

Ivor miró su imagen en el espejo del aparador. Parecía fuerte y seguro de sí mismo... perfectamente maduro para San Cristóbal. Mientras sus padres discutían, buscó en el periódico las horas de las mareas. La pleamar era a la caída de la tarde.

Al día siguiente, sábado, cogió el autobús como de costumbre, encantado consigo mismo por sentirse tan sereno y decidido. Eso era llegar a adulto y tomar en sus manos las riendas de su vida. Sin embargo, le impresionó ver a su bisabuela mucho más delgada y débil que seis semanas antes. La piel de la cara se plegaba sobre los huesos como un telón dispuesto a caer y a descubrir la sonriente calavera. Los ojos de May estaban más hundidos; su cabello, sucio y descuidado. Al entrar él en la habitación, levantó la mirada nerviosamente y después, cuando vio que era Ivor, sonrió con alivio y placer.

—Ivor, cariño. ¡Qué sorpresa más agradable! No sabía que ibas a venir.

—He aprovechado la ocasión. Te echaba de menos —dijo él abrazándola.

—¿Quieres té? —le preguntó cuando Ivor miraba el reloj.

—¡Estupendo! Pero podemos ir a dar un paseo antes, ¿no? Sólo por verlo todo otra vez.

—Tendrás que ir tú solo —dijo ella tristemente—, estarás más libre sin mí.

—¿Qué? ¿Ir al muelle sin ti? —exclamó Ivor—. ¡Ni hablar!

—No sé si esta silla es lo bastante buena para una carretera tan desigual —May parecía dudar—. Tengo problemas para usar el freno, con mi artritis. Pero ¿por qué no? —añadió envalentonada—. ¡Quien no se arriesga, no hace nada en la vida!

—Yo soy fuerte —dijo Ivor sonriente— y la silla de ruedas tiene cinturón. Te lo colocaré.

La primera parte fue fácil, con una ligera cuesta abajo durante todo el camino por la carretera principal, bien asfaltada. Pero luego entraron en la que llevaba al muelle, con sus baches y ondulaciones, y se hizo más difícil avanzar con la silla de ruedas. May protestaba a gritos, un poco alarmada, pero medio riendo.

—¡Santo Dios, ten cuidado!

—No te preocupes —prometió Ivor inclinándose para tocarle la nuca, como ella tocaba antes la suya—. Voy a cuidarte *muy* bien.

—¡Dios te bendiga! —dijo ella, que mientras hablaban no podía ver la expresión de Ivor.

Como había leído en el periódico las horas de las mareas, sabía exactamente cuándo habría marea alta. A pesar de todo, fue un alivio ver las olas salpicando por encima del dique al volver la esquina. El agua sería profunda al final del muelle.

—Es agradable contemplar de nuevo esta vista —dijo May—. Me alegro de que me hayas hecho venir. Ahora vamos a pasar por el muelle y después volvemos enseguida a casa, porque empiezo a sentir frío.

—Pobre May —dijo Ivor en tono de broma. Quizá lo exageró, porque ella se volvió de repente tratando de mirarle—. ¡Allá vamos! —gritó él impetuosamente, y corrió por el muelle empujando la silla.

—¡Para, Ivor, para! —dijo May sin aliento, pero él no se paró.

Avanzaban tambaleándose y dando tumbos, haciendo sonar algunas tablas al pasar por encima. «Tuang», sonó el párpado de hojalata, cerrado aún sobre el ojo quemado. May guardó silencio mientras sus dedos nudosos luchaban desesperadamente con el freno y, luego, con la hebilla del cinturón. Más allá de la boca del puerto la tarde era clara y el cielo tenía un color de miel. Ivor corrió a lo largo del muelle, ganando velocidad hacia el final, aunque sus pulmones estaban reventando. Después, con un último y violento empujón lanzó la silla de ruedas escaleras abajo hasta el mar. Su propio peso y el ímpetu del empujón la hicieron caer derecha al agua.

—¡Aúpa! —exclamó Ivor y, aunque estaba completamente solo, el tono de voz con el que imitó las palabras de May denotaba inquietud. Sólo ahora se daba cuenta del miedo que experimentaba ante la idea de que May pudiera librarse. De haberse quedado en la superficie, habría tenido que empujarla bajo el agua y eso hubiera sido horrible. Pero la silla se hundió rápidamente, y May con ella. Creyó oírle decir su nombre una vez. Después el agua se cerró sobre su cabeza y desapareció.

Por fin el agua volvió a la calma. El color turbio que había tomado la superficie comenzó a desaparecer. Y finalmente Ivor se sintió libre..., libre para volver, libre para gritar mientras corría a lo largo del muelle y las tablas sueltas sonaban apremiantes bajo sus pies. Si sus primeros gritos fueron extraños y mecánicos quejidos, en el momento en que sus sandalias de goma hicieron sonar el párpado de hojalata gritó ya con toda su alma. Tenía la cara húmeda de auténticas lágrimas. No había nadie que le oyera, ni nadie que le viera. Una vez en la carretera general, corrió hacia la tienda, haciendo señas desesperadamente a todos los coches que se acercaban. Los dos primeros pasaron de largo, pero el tercero se detuvo y él pudo explicar entre sollozos su espantoso cuento. Su bisabuela había insistido en que la llevara a dar un paseo, aunque él no estaba acostumbrado a la silla. Al final del muelle había querido dar la vuelta y, sin saber cómo, las ruedas delanteras habían pasado por encima del escalón de arriba y por alguna razón... por alguna razón...

Ivor lloraba. Le resultaba bastante fácil. Lloró a ratos el resto de la tarde, mientras la gente le decía que no era culpa suya..., que había sido un terrible accidente. Como repitió su historia una y otra vez, él mismo empezó a creerla. Parecía que tuviese que ser cierta. Y entonces sucedió una cosa extraña. Cuando lloró por última vez aquella tarde, al pasarse las manos por los ojos empapados en lágrimas tuvo una visión muy clara, no más grande que un sello de correos, un sello vivo. En él estaba el muelle, destacándose oscuro sobre el agua verde. Estaba su reflejo en el agua y allí, apoyado en la barandilla, había alguien sujetando un ramo de flores blancas y amarillas. la impresión de esa visión repentina hizo jadear a Ivor.

—Cariño —dijo su madre—, ¡pobre niño!

Él se apartó las manos de la cara y la miró con los ojos hinchados.

—Era una pesadilla —continuó ella—. Pero escucha, Ivor, ya sé que decirlo parece algo duro, pero no habría sido agradable para ella vivir de esa manera. Habría ido cuesta abajo a partir de ahora. Es mejor así..., de verdad, es mejor así.

Después del funeral, Ivor y sus padres fueron con unos cuantos amigos al muelle para recordar a May una vez más. El padre de Ivor tenía el capricho de lanzar flores al mar desde el lugar donde su abuela se había parado tantas veces a mirar el cielo o la salida del puerto.

—Llévalas tú, Ivor —le dijo—. A ella le gustaría que fueses *tú* quien las lanzase al mar.

No podía negarse. Cogió las flores tratando de ocultar su horror. No eran de un florista. Aquel ramo había sido cortado en el propio jardín de May: margaritas amarillas y blancas mezcladas con rosas amarillas y blancas. Al bajar por el muelle junto a su padre, apretando los tallos entre las manos, Ivor sentía cómo éstos iban cambiando hasta alcanzar el mismo tacto que los dedos nudosos de

May. Se movieron contra su palma, luego se enrollaron alrededor de su mano y le dieron un ligero apretón.

—¡Ahora! —dijo su padre; y él lanzó las flores al agua en el lugar exacto donde cuatro días antes se había hundido la silla de ruedas.

Ivor se estremeció al hacerlo. Las flores se balanceaban lentamente en las verdes olas.

—¡I-vor! ¡I-vor! ¡I-vor! —dijeron las tablas sueltas con voces temblonas cuando los sobrios zapatos negros pasaron por encima de ellas. Aunque Ivor se apartó lo más posible del remiendo de hojalata, sabía que el ojo le observaba desde abajo.

—Ella amaba este viejo muelle —dijo su padre.

—Y es tan hermoso todo esto —añadió su madre—. ¿Le gustaría que usáramos la casa los fines de semana?

—¡Oh, no! Será demasiado triste sin May —dijo Ivor rápidamente. Varios amigos le miraron con aprobación.

Se sintió aliviado cuando todo hubo pasado y regresaron a la ciudad.

—Bueno, al menos podrás ir a San Cristóbal —dijo su padre—. Es decir, si estás seguro de que es eso lo que quieres.

—Estoy seguro —dijo Ivor, sorprendido de su propia voz tranquila—. Es lo que más deseo.

A su debido tiempo fue a San Cristóbal y, aunque no olvidó el puerto y el muelle o la silla de ruedas hundiéndose lentamente ante sus ojos, le parecía un precio pequeño por la vida que ahora hacía. Sus padres parecían liberados y felices y él tenía el placer de ser uno de los privilegiados de la ciudad. De vez en cuando alguien miraba críticamente su uniforme escolar, pero eran momentos de triunfo para Ivor, seguro de que todos le envidiaban en secreto.

Pero un día, al apoyarse en la barandilla del pabellón de deportes, no sintió bajo la mano la pintura lisa, sino la familiar madera agrietada y astillada de la barandilla del muelle. Al mismo tiempo, la brisa que soplaba en el terreno de juego se llenó repentinamente con el conocido aroma a yodo y sal, y a algas secas, algo podridas en la línea de la marea alta. «Clonc», sonó una madera suelta bajo sus pies; pensó que su corazón iba a pararse de puro miedo.

Una vez que esas sensaciones comenzaron, se sucedieron cada vez con más frecuencia. Los pasillos de la escuela se alargaban ante él como antes lo hacía el viejo muelle, prometiendo una sorpresa siniestra en algún lugar del camino. Ivor seguía andando normalmente, con la esperanza de que la ilusión óptica desapareciera. Y lo hacía para volver al día siguiente..., y también al otro.

Y al final de la semana, furioso y asustado, decidió coger el autobús y cruzar la colina una última vez. Bajando por el muelle en un día claro, recordaría que sólo era un viejo armatoste de madera que se caía lentamente a pedazos. Podía ser decisivo para detener aquellas fantasmales intrusiones en su vida en la ciudad. El muelle pertenecía al lado del mar, más allá de la colina, y no le permitiría invadir también el lado de la ciudad.

El autobús se paró y él se apeó; fue andando rápidamente hasta más allá de la casa de May, que ahora tenía un aspecto desolado de abandono. Siguió bajando la carretera sinuosa y dio vuelta a la esquina. Una capa de agua cubría el fango y reflejaba tan perfectamente el cielo azul y las colinas, que Ivor miró asombrado el espectáculo. Era como si estuviese viendo dos mundos separados, colocados uno en el borde del otro. Sin embargo, el mundo reflejado no era una copia exacta del real. Estaba un poco manchado, como si lo estuviese viendo a través de una ligera neblina, de una bruma poco densa. «¡Deprisa!», pensó Ivor. «Baja el muelle por última vez, con un poco de suerte. ¡Sin prisa! ¡No hay que tener miedo! Después de todo no hay nada de que asustarse. Todo está en tu cabeza.»

Sintió una curiosa impresión al pisar las maderas del muelle. El mundo entero pareció dejar de existir durante un segundo, para regresar luego otra vez. Ivor se detuvo a mirar alrededor. Cielo, colinas, muelle..., todo estaba en su lugar. Pero aquella neblina era una auténtica bruma... ¡y cómo surgía a su encuentro al dar un paso hacia ella! ¿De dónde había venido tan rápidamente? Un momento más tarde le rodeaba por todas partes. Pero Ivor ya había pasado por el muelle otros días de niebla. Sabía que no podía perderse. «Clonc», sonó la tabla suelta bajo sus pies, y gimió después un poco cuando los levantó. Otras tablas sueltas iniciaron su ruidoso canto de «¡I-vor! ¡I-vor! ¡I-vor!». La bruma era ya tan espesa que no era posible ver lo que había delante. Ivor miraba sus pies en movimiento y, de repente, allí estaba el ojo quemado, observándole al pasar. Frunció el ceño. ¿No estaba bajando la marea? Sin embargo, el mar se encrespaba al otro lado de aquel agujero ennegrecido. «¡Y escucha, allí! ¡Y allí también!» Oía el romper de las olas contra los pilotes del muelle.

La niebla se abrió un poco. La marea estaba alta, efectivamente, y se ondulaba muy cerca bajo la cubierta del muelle. Algo se agitaba en las ondas... un ramo de flores blancas y amarillas... margaritas y rosas, tan frescas como el día que él las había arrojado al agua hacía meses.

De pronto, Ivor se dio cuenta de que no podía ir más allá. Tendría que arreglárselas con los fantasmas del otro lado de la colina. Y si era valiente y no perdía la calma, probablemente se libraría de ellos. *Cualquier cosa* era mejor que esto. Se volvió y empezó a caminar deprisa a través de la niebla hacia el comienzo del muelle.

«Clonc», cantó una de las tablas. Se detuvo un momento. Había sonado demasiado pronto. Había sonado... Ivor sacudió la cabeza como para espantar algo desagradable de sus oídos, y siguió andando. Y allí estaba el ojo, observando su retirada. «¡I-vor! ¡I-vor! ¡I-vor!», dijo el coro de voces bajo sus pies. Sólo unos metros más y estaría de nuevo en tierra. Fue en ese momento cuando tuvo la certeza de que alguien caminaba detrás de él. No habría podido decir cómo lo sabía, porque no oía más que sus propios pasos. A pesar de todo, sabía que no había nadie entre la niebla. Al aguzar el oído para captar el más mínimo sonido, apenas notó que pasaba por el ojo quemado una segunda vez, y luego una tercera. Pero, al verlo por cuarta vez, lo entendió. Había salido del mundo real y ahora caminaba por un lugar distinto y terrible.

Debía regresar al mundo real, donde el sol brillaba sobre el viejo muelle, estaba seguro. Regresar al mundo *real,* donde ese viejo muelle se levantaba sobre sus pilotes hundidos en fango y agua y la marea estaba baja. Pero él estaba condenado a vagar sin fin en ninguna dirección, porque *este* muelle seguiría por siempre en una infinita niebla. «Clonc». ¡Sí, desde luego, oiría ese sonido una y otra vez! Y allí estaba el ojo, mirándole de nuevo al pasar. Le observaría eternamente. Y aquellas flores blancas y amarillas siempre estarían balanceándose a su lado. Fuera lo que fuera lo que había entre la niebla, detrás de él, estaba acercándose. Ivor andaba a grandes zancadas, como un auténtico chico de San Cristóbal, porque *tenía* que hacerlo. Finalmente, intentó correr, pero se enganchó un pie en una tabla desigual y dio un traspié.

«¡Aúpa!», dijo una voz a su espalda, una voz tan suave como un pequeño chapoteo en el fango. Unos dedos nudosos acariciaron su nuca leve y cariñosamente. Ivor sabía que aquella suave caricia iba a permanecer para siempre.

(Traducción de AMALIA BERMEJO
y FÉLIX MARCOS BERMEJO)

El canto de las ballenas

Uri Orlev (Israel)

Cuando Michael era pequeño, su abuelo, el señor Hammermann, venía tres veces por semana a jugar con él o a llevarlo de paseo. Cuando se retrasaba, aunque ya empezara a oscurecer, Michael le esperaba fuera de casa. Pero cuando el abuelo renunció a salir, Michael, que entonces estaba en primero de básica, aprendió a viajar solo en autobús. Era él quien iba a visitarle a su casa. Había allí tanto que descubrir, que ver y que hacer, que ni una sola visita ni una semana entera bastarían.

El señor Hammermann era anticuario y dos de las plantas de su casa estaban destinadas a vivienda sólo en apariencia. De hecho, en muchas de las habitaciones se agolpaban objetos y muebles caros y valiosos que iban y venían. Michael estaba fascinado por la abundancia de artículos maravillosos y, además, de que cada uno tuviera su propia historia.

En un armario, su abuelo guardaba juguetes algo rotos, que él tenía prohibido tocar, y también algunos juegos usados con los que tampoco podía jugar, porque eran los únicos restos que quedaban de la infancia del abuelo. Ésta estaba tan lejana, que a los ojos de un niño pequeño era como mil años atrás.

A Michael le gustaba vagabundear por la casa, abrir cajones olvidados que no se habían abierto hacía años y preguntarle cosas a su abuelo, que tenía una paciencia sin límites. A. veces se sorprendían los dos encontrando una habitación totalmente olvidada; ni a Michael ni a su abuelo les preocupaba el polvo y las telarañas. Madame Sibonnier se ponía contenta cuando descubrían un cuarto así, porque continuamente buscaba algo nuevo que fregar. Ella limpiaba todo lo limpiable, incluso al abuelo.

A Madame Sibonnier, la criada, Michael la llamaba «la Sabonia». Cuando Michael lo pronunciaba así, su abuelo se moría de risa. Al principio, la criada no había recibido muy a gusto al pequeño invitado. En sus primeras visitas, incluso le jugó malas pasadas. Cuando hacía sonar la campanilla, ella atisbaba desde una de las ventanas y no le abría la puerta. Si el abuelo no oía la campana, Michael se quedaba de plantón delante de la puerta cerrada. Un día se descubrió el pastel y el abuelo se enfadó mucho con ella.

—No he oído nada —dijo Madame Sibonnier con una sonrisa en los labios.

Un día hizo entrar a Michael al salón de la planta baja y no le dijo al señor Hammermann que su nieto le esperaba allí. El abuelo no le oyó hasta que el niño empezó a chillar:

—¡Abuelo, abuelo!

Entonces se enfadó con la criada.

—Lo siento, se me ha olvidado —dijo ésta con fingida amabilidad.

—Zinta sólo me quiere para ella —dijo una vez el señor Hammermann, enojado, hablando consigo mismo, en presencia de Michael.

—Abuelo, ¿por qué no la despides?

—Se lo prometí a la abuela, y además... —y le guiñó un ojo significativamente.

Michael no entendió qué quería decir con aquello, pero no preguntó más.

—No te preocupes —añadió el abuelo—. Zinta ya se acostumbrará a ti.

Y verdaderamente no transcurrió mucho tiempo hasta que Madame Sibonnier empezó a asearle también a él, señal de que le aceptaba. Nada más entrar por la puerta, ya Madame Sibonnier le cogía los zapatos para abrillantárselos y entretanto le daba unas viejas zapatillas de su abuelo, le cepillaba la ropa y, en invierno, le secaba el abrigo. También le pidió que le dejara limpiarle las orejas con un bastoncillo con algodón envuelto en un extremo, y también la nariz, pero Michael se negó rotundamente. De todas formas, la primera vez le había cogido por sorpresa y logró limpiarle una oreja.

Una de las estancias de la gran casa del abuelo era la llamada biblioteca, y en ella sólo había libros.

El abuelo sentaba a su nieto en un sillón enorme y blando, en el que casi desaparecía, y le leía libros o le contaba cosas del álbum de fotos familiar. De eso conocía Michael a su abuela, que había muerto antes de que él naciera. A Madame Sibonnier también le gustaba revolver entre los libros, ya que, según decía, los libros atraían el polvo. Y a ella le encantaba limpiar aquel polvo.

26

En una habitación, cuyas paredes estaban cubiertas de madera, había un gramófono y un armario repleto de discos. La llamaban la sala de música. Cuando el abuelo le ponía discos a Michael, Madame Sibonnier a veces se unía a ellos para escuchar. A diferencia de los libros, que no se podían mojar, Madame Sibonnier, de vez en cuando, lavaba los discos después de sacarlos de sus fundas y luego los secaba con papel absorbente. A Michael le gustaba en especial uno de los discos: el del canto de las ballenas.

Cuando Michael cumplió nueve años, la salud del señor Hammermann decayó y los padres del niño consiguieron convencerle de que vendiera la casa y se trasladara a vivir con ellos. En la casa había tres dormitorios que nunca fueron ocupados, ya que los padres de Michael sólo le habían tenido a él. El abogado del señor Hammermann, hombre de toda confianza, vendió la casa y la mayoría de objetos que contenía en una gran subasta de la que se hicieron eco los periódicos e incluso las noticias de la televisión. Junto con el abuelo, fueron trasladados a la casa algunos cuadros con marcos dorados, varios objetos de arte y otros elementos decorativos que a Michael no le interesaban para nada. Al señor Hammermann se le asignó el primero de los dormitorios, a Madame Sibonnier el cuarto contiguo y Michael se quedó en el suyo.

Cuando todavía hacía poco que vivía con ellos, Michael descubrió que su abuelo tenía un don especial que anteriormente no le había revelado y que cambió de golpe su vida. Lo descubrió una noche, que corrió hacia el dormitorio de su abuelo, muerto de miedo, y se metió bajo su manta,

cosa que sus padres le tenían absolutamente prohibido. Entonces fue cuando se dio cuenta de que
su abuelo podía atraparlo y llevarlo a sus propios
sueños. Desde aquella noche, Michael iba muy a
menudo a dormir con el abuelo, sin que le mo-
lestaran los ronquidos, la carraspera y los olores.
Los desesperados intentos de Madame Sibonnier
tampoco pudieron evitarlo. Si ella hubiera podido,
se habría acostado a dormir en el umbral de la
puerta del anciano, como dormían antiguamente
los esclavos a la puerta de sus señores. Aunque en
la casa no hubiera sido bien visto. De todas formas, dejaba siempre entreabierta la puerta de su
dormitorio, para impedir que Michael fuera a la
cama de su abuelo. Pero cuando Michael pasaba a
hurtadillas frente a su puerta, siempre oía los ronquidos de la mujer.

—Todos los niños son unos sucios —decía Madame Sibonnier.

Desde que se había trasladado junto con el viejo
señor a vivir a la casa familiar, no tenía bastantes
habitaciones y objetos que limpiar y se dedicaba
a restregar las mismas habitaciones y los mismos
objetos día tras día, como si los mayores enemigos
de la limpieza fueran los inquilinos de la casa.
Especialmente Michael, claro está. Madame Sibonnier obtuvo permiso de la madre del niño para
lavarle cada día en el baño, tras regresar de la
escuela lleno de suciedad y de microbios. Pero Michael ya no era un bebé y se negó. Dijo que le
daba vergüenza y acordaron que se bañaría por las
noches. Michael odiaba bañarse y, por lo general,
sólo lo simulaba. Se encerraba en el cuarto de
baño, abría el grifo del agua para tranquilizar los

oídos atentos de la Sabonia y, antes de salir, se daba un poco de jabón en las orejas y un poco de dentífrico en la boca. No es que esto último le gustara demasiado, pero enseguida se enjuagaba la boca y la Sabonia podía notar que se desprendía de él un cierto olor a limpio. Luego se acostaba y esperaba con los ojos muy abiertos. Y en cuanto oía a Madame Sibonnier salir del baño y abrir la puerta de su cuarto que daba al pasillo, ya sabía que al cabo de cinco minutos dormiría como un tronco.

No siempre conseguía Michael mantenerse despierto, pero cuando lo lograba, recibía su recompensa. El abuelo nunca le engañaba y siempre lo introducía en sus sueños. A veces, éstos eran cortos y, luego, Michael volvía a su propio sueño. Pero a veces los sueños del abuelo eran largos y arrebatadores. A diferencia de los suyos, había pedazos concretos de los de su abuelo que no eran exactamente sueños. Eran, según le explicó a Michael, «pequeñas desviaciones de la realidad». Michael no entendió aquella explicación tan erudita. Pero enseguida prefirió aquella «pequeña desviación» a cualquier otra cosa, incluso a ver la tele o a jugar con los juegos de ordenador. Y, por descontado, a los libros y a los ejercicios de violonchelo. Su padre había tocado el violonchelo en una orquesta y esperaba que Michael se convirtiera en un virtuoso al menos como Pablo Casals. Pero Michael prefería los sueños de su abuelo a cualquier otra cosa. Y su compañía, a todas las demás.

Por lo general, después de despertarse los dos, Michael había olvidado los sueños en los que tomaba parte con su abuelo, a pesar de que a veces todavía percibía, cuando abría los ojos, una sensación de gran emoción y de excitación, y otras, el miedo terrible que un momento antes paralizaba sus piernas y agarrotaba su garganta. Aunque los sueños fueran olvidados, dejaban una imagen difusa unida a su recuerdo, que se borraba sólo en el transcurso del día. Pero una de aquellas visiones, Michael no la olvidó a pesar de haber estado allí una sola vez:

Se acercaron a la casa, que estaba en medio de unos árboles enormes. El abuelo le cogió de la mano. Llegaron allí por la noche y el sendero estaba envuelto en tinieblas. Pasaron por delante de unas escaleras exteriores que conducían a la entrada iluminada. Había gente sentada en ellas. A través de la puerta abierta se podía divisar una de las estancias. Había varias figuras, una sentada en una silla, otra tumbada en el sofá o recostada en un sillón. Las había sentadas cerca de la estufa, y otras apoyando los codos en la repisa de la ventana. Todos los que allí se encontraban se habían quedado grabados en el recuerdo de Michael. Se acordaba de todos y de cada uno, hombres, mujeres y niños, y de todo lo que hacían en cada momento; cómo vestían, cómo era su pelo y cuál era la expresión de su cara. Michael conocía perfectamente a toda aquella gente y la casa también, a pesar de que nunca había estado allí ni había conocido personalmente a ninguno de ellos.

En uno de sus sueños, el señor Hammermann le causó a su nieto grandes angustias. Halló una máquina que detenía el tiempo, la activó, y el tiempo en efecto se detuvo. Al principio todo era divertido. Lo celebraron coronando al abuelo como rey y césar. Pero poco a poco fue menguando la alegría, ya que pasaban los años y nada cambiaba. Todo estaba igual que en el momento en que el abuelo había puesto en marcha la máquina. Los mismos pajaritos posados en el cable. Los mismos pájaros alimentando a sus pequeños. Las mismas abuelas sacudiendo las alfombras por la ventana. Los mismos niños caminando hacia la guardería o hacia la escuela, todos hacia su clase, hasta que todos se aburrieron de todo. Un día entró el abuelo de Michael en su habitación y lo vio llorando amargamente.

—¿Por qué lloras, Michael? —había preguntado el abuelo, que era también rey y césar y que podía conceder a su nieto todo lo que le viniera en gana.

—Abuelo —contestó Michael—, nunca voy a crecer, no llegaré a ser padre jamás.

Michael se despertó en la cama de su abuelo, todavía sumido en llanto. El abuelo también se había despertado y estaba sentado, triste, en la cama.

—De todos modos, no era un sueño tan espantoso —dijo el abuelo disculpándose.

Michael no sabía cómo explicar con palabras el porqué de su llanto. El dilema era que no sabía qué deseaba más: crecer y hacerse fuerte, conducir coches deportivos y no tener miedo de los monstruos de la noche —ya que Michael todavía creía que los adultos no tienen miedo por la noche—, o quedarse siempre en los nueve años y que su abuelo no muriese nunca.

Después de que el abuelo tuviera el sueño del vuelo, Michael comprendió por vez primera qué era a lo que se refería cuando le decía que sus sueños, a veces, no eran corrientes, sino pequeñas desviaciones de la realidad. Iban en bicicleta, pedaleando velozmente hacia delante y, de repente, había ocurrido. Empezaron a elevarse con gran ímpetu, pero el prodigio no había durado mucho. Igual que los polluelos cuando se echan a volar por primera vez. Se encontraban de nuevo en el suelo y Michael sintió que la decepción agarrotaba su garganta. Su abuelo no se desesperó. Lo volvieron a intentar y, en la siguiente ocasión, la sensación de falta de confianza en sus posibilidades se transformó sin duda en seguridad y dominio del poder. En adelante no les hizo falta esforzarse, dominaban el vuelo a la perfección y Michael estaba rebosante de alegría, sumergido en el aire sin horizontes. Se elevaron y volaron a lo largo de un valle de belleza indescriptible.

—¡Hacemos lo mismo que en la película *E.T.*! —decía Michael maravillado.

—No exactamente —decía su abuelo.

En aquel instante, Michael se acordó de que no sabía montar en bicicleta y se estrelló contra el suelo.

—Suerte que no te has caído en la carretera —dijo su abuelo todavía en el sueño.

Cuando se despertaron los dos, le avisó:

—Michael, si quieres volver conmigo a ese sueño, tienes que aprender a montar en bicicleta.

—Muy bien, abuelo.

Estas palabras eran poco comunes en boca de Michael, ya que, por norma general, su respuesta era *¡no!* Pero todo lo que concernía a los sueños del abuelo era distinto. Transcurridas tres semanas, le quitaron a Michael la escayola de la pierna que se había roto. Entonces, el señor Hammermann encargó una bicicleta que Michael había visto en un anuncio, totalmente en contra de la voluntad de sus padres. Ellos creían que Michael era demasiado pequeño y que acabarían por atropellarlo en la carretera.

Claro está que ni el abuelo ni el nieto les revelaron para qué necesitaba Michael aprender a montar en bici.

Ya hacía tiempo que la bicicleta estaba en casa, pero le resultaba difícil aprender. Entonces, un amigo le enseñó su método, Michael lo probó y aprendió por fin. El método se componía de dos fases. Primero había que coger la bicicleta con una mano por detrás del sillín, el manillar con la otra y salir de paseo. Esto era muy agradable porque los vecinos que Michael se encontraba por la calle se quedaban convencidos de que él había bajado de su nueva bicicleta e iba a pie por gusto ya que, por supuesto, sabía montar en bici perfectamente. En la segunda fase, había que subirse al sillín y deslizarse por una suave pendiente, sin tocar los pedales. La bicicleta tenía que ser lo suficientemente baja para que los pies estuvieran en contacto con el suelo en todo momento. De hecho, Michael aprendió a montar después de seis semanas de ejercicios continuados, y desde entonces no tuvo ninguna dificultad cada vez que su abuelo tenía el sueño del vuelo.

Todo se complicó cuando sus padres viajaron al extranjero. Su madre fue a un congreso de psiquiatras y su padre a una gira de conciertos, y Michael y el abuelo quedaron al cuidado de Madame Sibonnier. Ya la primera noche, entró en el baño en cuanto Michael terminó de bañarse y se dio cuenta de que todas las toallas estaban secas. Palpó el jabón y el cepillo de dientes, y todo estaba más seco que el yeso. Madame Sibonnier fue al trastero, sacó una cama plegable, la colocó delante de la puerta del cuarto del anciano y no permitió que Michael entrara.

La noche siguiente, el abuelo, antes de retirarse a dormir, fue a darle un beso de buenas noches a Michael y lo llevó a su habitación. Lo metió en su cama a pesar de las protestas de Madame Sibonnier. Ésta fue la primera vez que Madame Sibonnier sospechó que el niño iba a dormir con el abuelo no sólo por los monstruos que le atemorizaban por la noche. Los primeros años después de la muerte de la señora Hammermann, había sido ella la que había participado de los sueños del abuelo. Hasta que un día él le dijo que había perdido aquella habilidad y que no volviera más. Madame Sibonnier sintió una gran pena al cortar una comunicación tan especial, pero tomó sus palabras al pie de la letra. Ahora, tendida en su cama plegable, con la oreja pegada a la puerta cerrada, y a pesar de que la conversación en el cuarto se mantenía en un murmullo, ella captó el significado y se estremeció. Habían pasado muchos años desde entonces, pero se sintió herida en lo más profundo de su alma. Saltó del lecho y alejó con furia su cama de la puerta. La cama, con el fuerte empujón, cayó y se plegó con estruendo en el suelo. Madame Sibonnier irrumpió en el dormitorio, desgreñada, vistiendo sólo su camisón, y sacó a Michael de allí a la fuerza sin hacer caso de sus protestas. Sólo entonces pudo constatar Michael lo grande y fuerte que era.

—No te preocupes, ya arreglaremos este asunto —le dijo el abuelo a la mañana siguiente.

—¿Cuándo, abuelo?

—Un poco antes de que regresen tus padres.

Michael esperó pacientemente.

El señor Hammermann renunció a bañarse, no se cepillaba los dientes, no se cambiaba la ropa ni los calcetines. Se iba a dormir sin ponerse el pijama y se acostaba con la ropa que había llevado puesta todo el día e incluso sin descalzarse. Cuando el abuelo cesó de lavarse, también lo hizo Michael. De nada sirvieron las protestas de Madame Sibonnier. También Michael se negó a cambiarse de ropa, especialmente de calcetines. Estuvo de acuerdo en peinarse, sin ningún problema, pero se negó rotundamente a cepillarse los dientes. El problema con la ropa fue mucho peor que el del abuelo. Madame Sibonnier se la arrebataba a la más mínima ocasión, la remojaba en un barreño o en la bañera y la echaba a la lavadora. Michael tampoco se ponía el pijama y se acostaba vestido. Unos cuantos compañeros de clase empezaron a ponerle como mote «el fétido». A Michael no le importó. Sabía muy bien lo que hacía... No, en realidad no lo sabía, ya que su abuelo no le había descubierto todavía qué sucedería en el sueño para el que se estaban preparando de una forma tan radical. Al cabo de tres días, Madame Sibonnier andaba con tapones de algodón en la nariz. Estaba muy nerviosa y su corazón no presagiaba nada bueno.

—¡Él no dormirá en su cama! —repetía, enojada, a la menor oportunidad.

El señor Hammermann iba al cuarto de Michael a darle el beso de buenas noches y lo olía para saber si ya apestaba bastante. Cuando hubo transcurrido otra semana, se inclinó sobre Michael y le dijo:

—¡Fantástico!

Se fue a su habitación y volvió al cabo de una hora larga, en completo silencio, con sus almohadas. Michael se despertó cuando el abuelo se tendió a su lado y tiró de la manta.

—¿Dónde está ella? —preguntó, adormilado.

—Se ha dormido —contestó el abuelo.

Estaba tendido en el lado exterior, al lado de Michael, para que éste no se cayera de la estrecha cama, pero no pasó mucho tiempo hasta que los dos salieron a caminar por las calles de la desierta ciudad. Michael descubrió, de pronto, que detrás de ellos caminaban unas pequeñas y negras criaturas que surgían de los cubos y contenedores de basura y de las alcantarillas cercanas a la calzada.

—Abuelo, algo nos persigue.

—Ya lo sé. ¿Conoces el cuento de *El flautista de Hammelin*?

Michael lo conocía.

—Pero, abuelo, tú no tienes flauta.

—Ya lo sé, pero tengo la música del olor.

Realmente, Michael distinguió, a la luz de un farol, un extraño halo que se prolongaba por detrás de ellos. Se detuvo un instante y penetró en aquella estela transparente, y su nariz se llenó de un olor nauseabundo. Entonces, se inclinó para ver quiénes eran las negras criaturas que se movían con movimientos desconcertados, balanceándose sobre sus patitas sensibles y delgadas como hilos.

—Abuelo, eso no son ratones —dijo Michael.

—Ya lo sé, es nuestro ejército para expulsar de casa a Madame Sibonnier.

La negra cuadrilla caminaba en apretadas filas. Las oscuras criaturas corrían tras ellos y trepaban por sus pies y por dentro de las perneras de sus pantalones. Michael se sacudía todo el rato con repugnancia y por fin echó a correr. También su abuelo corría como si tuviera veinte años, y las criaturas se apresuraron a correr enloquecidas tras ellos. Algunas de ellas volaban de vez en cuando para no retrasarse y subieron tras ellos por las escaleras. Cuando el señor Hammermann abrió la puerta, todas irrumpieron en la casa. Michael y su abuelo se colocaron contra la pared y esperaron. Primero no ocurrió nada. Se mantuvieron en silencio, a pesar de que miles de minúsculas patitas corrían por el pavimento. Entonces, oyeron un aullido. Madame Sibonnier salió corriendo de su cuarto con un *spray* de veneno en cada mano, pulverizando a las cucarachas, indignada, pisoteándolas, a pesar del repulsivo chasquido de sus asquerosos cuerpos. Pero había demasiadas, y cuando resbaló sobre las cucarachas aplastadas y cayó al suelo, se le subieron encima y la cubrieron formando un gran montón, negro y hormigueante, y no consiguió levantarse.

—¡Abuelo —chillaba Michael—, despierta, despierta!

Alguien se reía muy cerca de su oído. Michael atendió un momento y comprendió que era él quien se reía. Se calló y palpó a su lado, en la cama, pero el abuelo no estaba. Detrás de las pesadas cortinas, asomaba la luz de la mañana. Michael se levantó y corrió a la habitación del abuelo. No encontró a Madame Sibonnier por el camino; sin embargo, sí encontró cucarachas aplastadas aquí y allá sobre el suelo. Michael las miró con repugnancia. Anduvo con cuidado entre ellas, camino del cuarto del abuelo. Él no estaba allí. De vuelta, pasó por delante del cuarto de baño y oyó a alguien bañándose.

—¿Abuelo?

El señor Hammermann no oyó su voz, ya que se encontraba bajo un potente chorro de agua. Michael se apresuró hacia la cocina, a ver si Madame Sibonnier les estaba preparando el desayuno. Ella no estaba allí. También en la cocina había cucarachas muertas por todos lados. Michael corrió al cuarto de Madame Sibonnier. La puerta estaba cerrada. Giró el pomo y la puerta se abrió. Entró. El cuarto estaba vacío. Se acercó al armario, titubeando, y vio que todos sus vestidos habían desaparecido. Entonces, se dio la vuelta y vio a su abuelo en la puerta, con un albornoz.

Su abuelo le sonrió, diciendo:

—Michael, ha llegado el momento de que vayas a bañarte.

En el suelo del baño había cucarachas muertas. Michael las echó por el desagüe. Tuvo cuidado al vestirse. Era la primera vez en su vida que disfrutaba poniéndose ropa limpia. Cuando salió al vestíbulo, encontró algunas cucarachas que se escondían por los rincones oscuros. Michael se desentendió de ellas. Todavía recordaba el chasquido de sus cuerpos cuando Madame Sibonnier las aplastaba y no quería volverlo a oír.

No llegó tarde a la escuela, pero a medida que pasaban las clases se le hacía más difícil estar atento y contestar a las preguntas. Todo el rato se entrechocaban en su cabeza los regimientos de cucarachas que su abuelo había traído a casa, y se preguntó interiormente: «¿Y si de verdad se la hubieran comido? ¿Y si las cucarachas se comieran a las personas? No, no es posible».

En la clase de zoología levantó la mano y preguntó:

—Señorita, ¿las cucarachas se comen a las personas?

Toda la clase rompió a reír.

—Michael, de momento no estamos en el capítulo de las cucarachas del género de los insectos, pero el ser humano es muy grande para ellas. Aunque si lo intentaran, podríamos hacerlas polvo.

Después de una respuesta así, la profesora tuvo que invertir mucho esfuerzo para calmar el jolgorio de los chicos de la clase.

En cuanto sonó el último timbre, Michael corrió hacia casa. De las cucarachas no había ni rastro. La casa estaba resplandeciente, como si todavía reinara en ella Madame Sibonnier.

—He llamado a una compañía de limpieza y desinsectación —le explicó el abuelo.

Cuando sus padres regresaron, les costó creer que el anciano hubiera discutido con Madame Sibonnier y que ésta se hubiera ido. Pero ya que ella no telefoneó y nadie volvió a mencionarla, contrataron a una chica joven, que hacía todo lo que se le encargaba sin inmiscuirse en sus asuntos.

Una noche, cuando Michael fue a dormir con su abuelo, éste le dio una extraña llave, diciéndole que la guardase con gran precaución.

A Michael se le despertó la curiosidad, pero no hizo preguntas.

El abuelo apagó la luz que tenía al lado de la cama, y los dos yacieron en silencio con los ojos cerrados.

—¿Dónde está la llave?

—La tengo en la mano —dijo Michael.

—Muy bien —dijo el abuelo—, agárrala bien fuerte.

El abuelo se hallaba de buen humor y los dos estaban sentados en la biblioteca de la antigua casa, tomando el té.

Cuando Michael oyó que se iban acercando unos pies calzados con zapatillas, pensó que sería la Sabonia, pero apareció una mujer mayor desconocida, que al cabo de un rato identificó con la foto de la abuela que había en el álbum familiar. Además, el abuelo la llamaba por su nombre de pila. Nada había en su figura que asustara, pero a pesar de ello, se despertaron recelos en el corazón de Michael, ya que ella había muerto antes de que él naciera. Todo el rato comprobaba si tenía la llave en la mano, aunque no sabía en absoluto para qué podría serle útil. La abuela no le hizo ni caso a Michael. Únicamente dijo con semblante irritado a su marido:

—Jonathan, ¿por qué despediste a Zinta?

Michael estaba asombrado. Nadie llamaba al

abuelo por su nombre de pila. Se le llamaba *papá* o *abuelo* o *señor Hammermann*.

—No la despedí —se rió el abuelo—, pero es cierto: reñimos y me deshice de ella.

—Me prometiste que le permitirías quedarse hasta que ella quisiera.

—Fue imposible. Estaba envejeciendo y su manía de la limpieza traspasó todos los límites.

—En mi vida había oído que la limpieza pudiera perjudicar a nadie —dijo la abuela.

—Intentó impedir al niño que viniera a dormir a mi cama —contestó él.

—El niño no tiene que dormir contigo, Jonathan.

—Dora, ella intentó apartarle de mí, no por causa de la suciedad, sino por celos.

La abuela de Michael se rió con una risa incrédula.

—No lo entiendes, le he dado la llave.

La abuela replicó asombrada:

—¿No se la diste a uno de los chicos?

—No, ninguno de ellos heredará el don.

Michael estaba dispuesto a jurar que la figura de su abuela se había ensombrecido, enojada.

—¡No lo puedo creer! ¡Después del episodio con Zinta acordamos que cederías la llave a uno de nuestros hijos y a nadie más!

—¡He traído a Michael para que lo veas y para que compruebes por ti misma que es digno de tenerla! ¡También es nieto tuyo, Dora!

—¿El hijo del músico ambulante, ese don nadie?

Michael, de pronto, se dio cuenta de que su

abuela no quería a su padre y le dio pena. ¡Su padre no era un músico ambulante sino el primer violonchelo de la orquesta! Quiso gritar, pero de su garganta no salió sonido alguno. Entretanto, se inclinó sobre él la abuela, desde la foto, chillando:

—¡Eso no va a ser así!

Esas palabras penetraron en Michael. Se quedó paralizado completamente y no consiguió enfrentarse a ella. Ella buscaba febrilmente algo que él tenía. En aquel momento intervino el abuelo y se cayeron. La figura de la abuela se transformó. De repente, era monstruosa como la aterradora imagen de sus sueños de miedo. El abuelo lo agarró por el brazo y corrieron escaleras abajo. Ella siguió tras ellos hasta que llegaron a la entrada. Michael dio vuelta al pomo, pero la puerta estaba cerrada con llave.

—¡La llave! —vociferó el abuelo.

Michael abrió la mano, pero la llave había desaparecido.

—¡Abre la puerta, Michael! —continuaba gritando el abuelo.

—¡Abuelo, la llave ha desaparecido! —dijo Michael tratando de empujar la puerta fuertemente, pero era una enorme y pesada puerta de madera, cerrada a cal y canto. La abuela volaba tras ellos, alargándoles sus dos largos y transparentes brazos.

—¡Abuelo, despierta! —gritaba Michael.

—¡No puedo despertarme, he perdido el control del sueño! —gritaba el abuelo—. ¿Puedes despertarte tú y luego despertarme a mí?

Michael lo intentó. No tenía ni idea de cómo se hacía para despertarse cuando uno soñaba que se quería despertar.

La abuela aterrizó sobre Michael, pero el abuelo dio la vuelta y los separó a la fuerza.

—¡Vuelve al lugar de donde has venido, Dora! ¡La llave será para Michael!

A Michael lo ahogaba el pánico y se despertó por fin. No del todo, pero lo suficiente para palpar la sábana bajera. Encontró la llave, corrió hacia la entrada, introdujo la llave en el ojo de la cerradura y la puerta se abrió.

Por la mañana, Michael examinó la llave atentamente. Era de hierro, pero no estaba oxidada, bastante pequeña y con el extremo dentado por ambos lados. No notó en ella nada extraño, hasta que el abuelo le dijo que se la acercara al oído. La llave cantaba, cantaba el canto de las ballenas.

—Abuelo, ¿cómo podrás estar sin ella?

—La necesitaba solamente cuando era joven —explicó él—, pero ya hace años que está grabada en mi alma.

—¿Quién te la dio?

—Mi padre. Sabía que me había sido concedido el don de los sueños. Como a ti, Michael.

A medida que el estado de salud del señor Hammermann iba empeorando, sus sueños cambiaban. Ya no eran aventuras o viajes a lugares lejanos, sino recuerdos, recuerdos en los que Michael participaba como un extraño que se encontraba casualmente en ellos. A veces era excitante. En otras se moría de miedo. Había allí una chica muy guapa. Estaba delante de un chico joven y delgado, que Michael sabía que era su abuelo. Todo estaba cubierto por la nieve, las palmeras y las murallas de la ciudad vieja de Jerusalén. Estaban los dos con las frentes juntas, apoyada una en la otra, y las manos entrelazadas. «Quizá entonces ya sabía el abuelo introducir en sus sueños a las personas que amaba», pensaba Michael, absorto. Estuvieron allí mucho rato. Comenzó a caer la nieve y Michael cogió un puñado para hacer una bola.

Se le congelaron las manos y se despertó, saltó de la cama y corrió hacia la pequeña luz que había en el corredor. Examinó las palmas de sus manos. La nieve no se había fundido todavía y Michael la acarició como se acaricia la nieve caída en otros tiempos. Su abuelo le llamó. Él fue y le enseñó sus manos.

—Están húmedas —dijo el abuelo.

—¡No, abuelo, es nieve!

El abuelo encendió la luz que había al lado de su cama, examinó los últimos fragmentos que rápidamente se convertían en agua y se rió para sí, como sonreímos a los recuerdos. Luego le pidió a Michael que avisara a la enfermera para que sacara la almohadilla eléctrica y se la colocara en las piernas, que tenía heladas de frío. En la vida real todavía era verano.

Todo siguió tranquilamente su curso, pero una mañana Michael se despertó en el dormitorio de sus padres y su madre estaba sentada a su lado.

—¿Qué haces aquí, mamá, qué pasa?

—No lo sé —dijo ella—. Tú y tu abuelo desaparecisteis de casa y os encontraron sin sentido en la calle. ¿Qué hacíais fuera de casa? ¿Cómo pudo el abuelo llegar tan lejos?

—No me acuerdo —dijo Michael—. ¿Dónde está él?

—Está bien. Cuando te sientas mejor, podrás ir a verle.

Michael cerró los ojos. Recordaba lo que había sucedido. Habían regresado a la vieja casa del abuelo, pero era distinta a la que conocían. Solamente tenía dos plantas y frente a la casa no había una calle, sino un camino polvoriento con dos altas palmeras enfrente; Michael no recordaba que hubieran estado nunca allí. También la ciudad, alrededor, era completamente distinta. Solamente había cuatro casas esparcidas aquí y allá y nada ocultaba la vista de la muralla de la ciudad vieja de Jerusalén. La calle estaba completamente a oscuras, así como la casa, y sólo había algunas velas encendidas en la ventana del vestíbulo. Subieron las escaleras, pero un poco antes de llegar a la puerta oyeron los cascabeles de un caballo y el traqueteo de un carro que se acercaba, brincando sobre el maltrecho camino. Su abuelo le cogió del brazo, regresaron rápidamente a la calle y se escondieron detrás de un pequeño cobertizo de madera. El carruaje llegó y se detuvo. Un hombre, vestido con una larga capa y la cabeza cubierta con un sombrero, bajó de él y se dirigió a la entrada de la casa. El hombre golpeó la puerta sin darse cuenta de que dos personas extrañas salían furtivamente de la oscuridad. El abuelo de Michael corrió tras ellos gritando con voz infantil:

—¡Papá!

Y entonces, todo quedó sumido en tinieblas.

Por la noche, Michael se sentó al lado de su abuelo y lo acribilló a preguntas.

—¿Aquél era tu padre, abuelo?

—Sí, Michael, y quizá le salvé la vida.

—¿Eran bandidos?

—Sí, a principios de siglo era muy peligroso

salir cuando ya había oscurecido. La mayor parte de la población se encerraba por la noche dentro de las murallas de la ciudad.

—¿La ciudad vieja?

—Hoy es la ciudad vieja, entonces era la ciudad. Y el que vivía fuera de las murallas se encerraba en su casa por la noche. Pero aquella noche hice algo que me estaba rigurosamente prohibido y salí a esperar a mi padre fuera, en la oscuridad.

—¿Cómo lo hiciste, abuelo?

—Gracias a la llave.

Después de aquel sueño el señor Hammermann no se levantó de la cama. Michael iba a verlo cada día, cuando regresaba de la escuela.

—Abuelo, ¿cómo estás?

—No muy bien. Siéntate y léeme el periódico.

Cada noche, Michael iba a darle un beso de buenas noches. Cuando el abuelo cerraba los ojos, Michael creía ver una de las personas muertas que aparecían en las películas de la televisión y, sin embargo, no se arrepintió de haberle convencido de que renunciara a la máquina de detener el tiempo.

Estaban volando en bicicleta sobre el fascinante paisaje montañoso. Todo el rato chirriaba algo en la bicicleta del abuelo.

—Qué lugar tan extraño —dijo el abuelo cuando descendieron en medio de la oscura noche entre unos altos árboles. Bajaron de la bicicleta y se acercaron, caminando lentamente, a la casa que estaba en el bosquecillo. La entrada estaba iluminada y la puerta abierta. Unos cuantos escalones conducían hacia el interior y desde la puerta abierta se podía ver una de las estancias. Michael lo recordó enseguida.

También aquella vez había gente sentada en las escaleras, en la entrada, y otros estaban en la sala que había al lado de la puerta, detrás de la ventana.

—Abuelo, ya estuvimos aquí una vez.

Su abuelo asintió con un movimiento de cabeza. Estaba muy pálido. Entonces, la gente le llamó para que entrara. No dijeron una sola palabra. Tampoco le hicieron señas para que fuera. Pero su mirada lo decía todo. La bicicleta del abuelo desapareció absorbida por la tierra cubierta de agujas de pino.

—¡Michael, no tengo bicicleta y no consigo despertarme!

—¡Abuelo —gritó Michael—, no te despiertes! ¡No puedes despertar ahora!

El abuelo lo examinó atentamente.

—Muy bien —dijo.

—Abuelo —dijo Michael echándose a llorar.

El funeral del señor Hammermann fue real. Había muchísima gente. En el momento de enterrarlo, su madre abrazó a Michael. Él se acercó al oído la vieja llave y se tranquilizó escuchando el canto de las ballenas. Sabía que su abuelo estaba soñando el sueño de la casa iluminada en el oscuro bosquecillo y que lo podría visitar siempre que fuera capaz de dar con aquel lugar. Tenía que volver y encontrarlo para contarle algunas cosas. Sobre todo, Michael quería contarle que Madame Sibonnier había estado en su funeral y que una vez que los sepultureros habían cerrado su tumba, cayó sobre la tierra removida y lloró.

Los ancianos y ancianas de la familia, venidos desde la otra punta del país, habían movido la cabeza a la vista de aquella escena y se reían con una risa en la que había algo de comprensión y algo de malicia. También Michael se reía recordando el significativo guiño de su abuelo. En plena ceremonia, Madame Sibonnier se acercó a los padres del niño, les estrechó la mano y se inclinó hacia él para besarle. Michael recibió la caricia con simpatía. Luego, volvió a acercar la llave a su oído para escuchar otra vez el canto de las ballenas.

(Traducción de EULÀLIA SARIOLA I MAYOL)

La montaña

CHARLES MUNGOSHI (Zimbabue)

AQUELLA mañana salimos hacia la estación de autobuses al despuntar el alba. Era el momento en que la luna se oculta, y la ruta de montaña que nos llevaría al viejo pueblo y luego a la estación estaba muy oscura. Los ocho kilómetros del camino eran casi todos cuesta arriba.

La montaña que se levantaba ante nosotros tenía la forma de un signo de interrogación. Me gustaba pensar que nuestro camino era una incógnita. Chemai había dicho que era un camino peligroso, pero yo le contesté que era el más corto y rápido si queríamos coger el autobús de las cinco de la mañana.

Vi que no le gustaba, pero no dijo nada más, para evitar una primera pelea.

Aunque teníamos la misma edad, yo le dirigía porque él no había continuado los estudios. Tuvo que dejarlo porque su padre no creía que la escuela fuera apropiada y no podía conseguir el dinero suficiente para mandar a Chemai al internado. Habíamos crecido juntos y llegamos a ser grandes amigos, pero ahora le toleraba sólo por los viejos tiempos y porque no había nadie en muchos kilómetros con quien poder hacer amistad. Alguien con quien hubiera ido a la escuela, quiero decir. Así que dejé que Chemai pensara que todavía éramos grandes amigos, aunque le encontraba aburrido y prefería estar solo la mayor parte del tiempo, leyendo o soñando. Es triste después de haber crecido juntos, pero no podía evitarlo. Él sabía tan poco y tenía miedo de tantas cosas, y hablaba y creía en tantas bobadas y supersticiones, que no podría ser su amigo sin contagiarme de su fiebre.

Desde casa, el sendero seguía el borde de un barranco. Era profundo y abrupto, pero conocíamos el camino. El barranco ahora aparecía negro y, en la oscuridad, el sendero que lo bordeaba era blanquecino. Nunca se fija uno tanto en las cosas del camino: rocas, raíces, agujeros, etcétera, hasta que lo recorre de noche. Entonces, les salen ojos a tus pies y rodeas y saltas los obstáculos como si fuera a plena luz.

A gran distancia a nuestra derecha, había arbustos, hierba baja, grandes bloques y otros pequeños barrancos y colinas que no podíamos ver con claridad. Más allá de la montaña, frente a nosotros, amanecía; pero para los habitantes del pueblo el sol aún tardaría en salir. La montaña proyectaba una oscura sombra sobre él.

Caminábamos en silencio, pero sabía que Chemai estaba asustado y muy enfadado conmigo. Seguía mirando cautelosamente hacia atrás y de vez en cuando se detenía para escuchar y decir: «¿Qué es eso?», aunque no hubiera nada. La noche era totalmente tranquila, excepto por los gallos que cantaban detrás de nosotros o más adelante, en el pueblo. Apenas hacíamos ruido con nuestros za-

50

patos de lona con suela de goma. Puede ser irritante que alguien con quien caminas vaya hablando cuando tú no quieres, especialmente si es de noche. No había nada de que asustarse, pero se comportaba como si lo hubiera. Y entonces empezó a hablar del espíritu de la montaña.

Habló de la legendaria mina de oro (aunque yo no creía en ella) que los europeos habían intentado abrir en la cima de la montaña. Había sido el hogar de los primeros habitantes de este país y se suponía que el oro era de ellos. La gente decía que ningún extranjero podía tocarlo. De niños habíamos oído ya esas cosas, pero Chemai las contaba como si yo fuera extranjero, como si yo no supiera nada de nada. Y para molestarle, porque él me estaba molestando a mí, dije:

—¡Vaya bola! Todo eso son mentiras.

Se puso como si hubiera dicho algo por lo que tuviera que disculparme.

—Allí están los agujeros y las canteras para demostrarlo.

—¿Quién las hizo?

—Los europeos. Querían el oro, pero el espíritu no dejó que lo consiguieran.

—No lo encontraron. Por eso se fueron —dije.

—Si subes a la montaña verás los agujeros, los cables de acero y las vigas de hierro que abandonaron cuando el espíritu de la montaña comenzó a romperlos y a llenar los agujeros de rocas en cuanto los abrían.

—¿Quién te ha contado todo eso? —pregunté. Sabía que nadie iba nunca a la cima de la montaña, especialmente a la parte donde se suponía que estaban esas cosas.

—Todo el mundo lo dice.

—Mienten.

—Bueno, ¿qué te pasa? Sabes que es verdad, pero sólo porque has ido a la escuela te crees que sabes más que nadie —ahora estaba enfadado.

—Y lo sé, ¿no? Todo eso sólo está en tu cabeza. Te gusta asustarte e inventar cuentos de miedo para hacer tu vida más excitante.

—Nadie te va a escuchar. Esas cosas ocurren digas lo que digas.

—Lo que pasa es que tienes miedo.

—¿Vas a discutir conmigo? —su voz era furiosa.

—Recuerda que yo también me he criado aquí —dije.

—Pero no has visto en estas montañas lo que yo he visto.

—¿Qué has visto?

—No hables tan alto —bajó la voz y continuó—: A veces, allá arriba, se oyen tambores, vacas mugiendo y los silbidos de los pastores. Algunas veces, temprano, al sol de la mañana se ve arroz extendido sobre las rocas para que se seque. Y se oye reír a las mujeres que lavan en un río, aunque no puedas verlas.

—No me lo creo —dije. La oscuridad parecía hacerse más espesa y yo no veía el sendero con claridad—. No me lo creo —repetí, y entonces pensé en lo divertido que sería que de repente la montaña se pusiera a tocar los tambores salvajemente. Era una locura, por supuesto, pero sin motivo alguno recordé el miedo que de pequeños nos producía señalar una tumba por si nos cortaban la mano.

Es una tontería, pero caminar de noche intranquiliza. Cuando era niño no me importaba, porque siempre iba con mi padre. Pero cuando estás solo, puede parecerte que un arbusto se mueve y te paras para asegurarte de que es sólo un arbusto. Por la noche nunca estás seguro del todo de dónde estás. Ves demasiadas cosas y todas tan oscuras que no sabes lo que son, porque no tienen voz. Ni se mueven ni hablan, así que te asustas. Es entonces cuando deseas que una persona mayor, como tu padre, se encargue de todo. Hay muchas cosas que no se deben decir por la noche, pero Chemai siguió hablando de ellas. Por supuesto, los profesores dirían que todo eran tonterías. ¡Ojalá hubiera sido tan fácil decirlo en aquel momento como en el colegio, o sentirlo en el corazón con la misma seguridad con la que lo dices! Tampoco nos habría servido de ayuda que le hubiera dicho a Chemai que yo también estaba asustado. Le hice callar:

—¿No vas a dejar de cotorrear?

Habíamos cruzado una especie de colina baja y descendíamos ligeros, pero enseguida volvimos a trepar hacia la montaña. Apareció de repente frente a nosotros con la forma de un animal dormido. Perfilaba su contorno aserrado contra el tenue cielo del este. Chemai andaba tan en silencio que yo miraba constantemente hacia atrás para ver si me seguía. Caminamos callados durante algún tiempo, pero al mirar hacia atrás una de las veces, le pregunté por la carretera que iban a construir a través de la montaña.

—Lo intentaron, pero no pudieron hacerla —dijo.

—¿Por qué?

—Sus herramientas no funcionaban en la montaña.

—Pero oí que la montaña era muy escarpada y tenía muchos desniveles.

—No. Sus aparatos se llenaron de agua.

—Pero van a construirla —dije—. Van a hacer la carretera y entonces los tambores dejarán de sonar —él seguía callado y yo continué. Era exasperante. Ahora que yo quería hablar, él se callaba—. En cuanto encuentren la solución para lo que les está demorando, harán la carretera —esperé a que me contestase, pero no lo hizo. Miré por encima de mi hombro y seguí—: Y piensa lo bonito y fácil que será cuando la carretera esté construida. Un autobús nos recogerá en el pueblo. Nadie más tendrá que transportar las cosas en la cabeza hasta la estación. Habrá una tienda y una carnicería y la gente comprará té y azúcar, y tus tambores no preocuparán más a nadie. Se callarán para siempre.

Así como escuchar a alguien que no para de hablar puede ser molesto, hablar a alguien que parece no escucharte puede ser cansado. Me callé enfadado.

Dejamos atrás los arbustos y la hierba baja y pasamos bajo unos árboles cuyas copas se tocaban sobre nuestras cabezas. Estábamos en un tramo horizontal. No podíamos ver el sendero, porque estaba lleno de hojas secas y la hierba era continua, sin claros.

No podría decir por qué, pero mi lengua se volvió torpe, sentía mi cabeza ligera y un hormigueo en la tripa. Oí respirar a Chemai, como si hiciese un gran esfuerzo para no gritar; casi como cuando contienes el aliento al entrar en un sitio donde no quieres que nadie te vea.

De repente, un viento cálido que venía de los árboles nos golpeó en la cara, como si alguien nos echase el aliento. Se me encogió el vientre, pero no me detuve. Oí a Chemai contener la respiración y jadear:

—Acaba de pasar una bruja.

Quise gritarle para que lo dejase ya, pero me quedé sin voz. Luego salimos de los árboles hacia los arbustos y la hierba, donde empezamos a subir de nuevo. Por fin respiré más tranquilamente. Había más luz, y hacía más frío.

—Era un mal sitio —dije algo más tarde.

Y Chemai añadió:

—Ahí es donde mi padre encuentra brujas que comen huesos humanos, van montadas sobre sus maridos.

—Oh, tú y tus... —de repente me cogió del brazo. No dijo nada. Instintivamente miré atrás.

Nos seguía una cabra negra.

No sé por qué me reí. Y después de reírme, me sentí enfermo. Esperaba que el cielo se hiciera añicos a mi alrededor, pero no ocurrió nada, excepto que Chemai me agarraba por el hombro y me sacudía aterrado.

—¿Por qué no puedo reírme? —pregunté—. No tengo miedo de una cabra.

Chemai me sujetaba más fuerte. Me sacudía como si tuviera el baile de San Vito. Me puse peor. Pero no me caí. Seguimos subiendo, no totalmente cuesta arriba, pero lo suficiente para sudar, hacia el pueblo que estaba bajo la sombra de la montaña, cuyo contorno era ahora más nítido. Había más claridad que al principio, probablemente era el momento del tercer canto del gallo, pero aún estaba tan oscuro como para que sudásemos de miedo.

—La has insultado —dijo Chemai acusadoramente.

No dije nada. No valía la pena fingir que no sabía lo que hacía. Conocía esas cabras. Espíritus perdidos. Puesto que me había reído, me seguiría a dondequiera que fuese. Comería conmigo, se bañaría conmigo y dormiría conmigo. Como si yo fuese su amigo o, mejor aún, su marido. Tenía cuerpo de cabra, pero espíritu humano. De niños habíamos visto a esas cabras pastando tranquilamente en las colinas y nunca habríamos dicho que eran espíritus errantes. Cuando alguien se reía de ellas o les decía algo molesto, se ponían en fila detrás del ofensor. Y cuando ocurría, eran necesarios los ancianos y muchos brebajes para apaciguarlas y hacer que se fueran.

Ahora caminábamos muy silenciosos. Llegamos a una zona abierta cerca de la escuela del pueblo viejo. El sendero pasaba bajo la antigua iglesia y, en un kilómetro y medio o menos, llegaríamos al pueblo.

No nos hicieron preguntas sobre lo que nos había pasado aquella mañana en el camino, mientras todavía era de noche. No me importaba si cogíamos el autobús de las cinco o no. No tuve fuerzas para cruzar la montaña antes de que saliera el sol.

También tenía que ver a mi abuela.

—Vamos a esperar en el pueblo a que se haga de día —le dije a Chemai. Le vi mover la cabeza enérgicamente.

Mi abuela vivía en el pueblo viejo. Había rechazado acompañarnos a nosotros y a los demás cuando nos mudamos más al oeste para estar cerca del agua. Dijo que ésa era su casa —nuestra casa— y que moriría y sería enterrada allí, y que cuando murieran los demás miembros de la familia también serían trasladados para ser enterrados en el pueblo viejo. Discutió largamente con mi padre pero se mantuvo firme. A mí no me gustaba el pueblo viejo, ni la abuela Jape, porque me recordaban mi niñez y las numerosas pesadillas en las que lo único que soñaba era que la montaña se movía y nos enterraba debajo. Entonces gritaba y me despertaba, y lo primero que sentía era el olor a humo de las mantas infestadas de piojos de la abuela, tan gruesas, calientes y rasposas que eran incómodas para dormir.

Ahora raramente la visitaba, y no me hubiera detenido a saludarla a no ser por la cabra y el miedo que tenía a cruzar la montaña a oscuras. Ella sabría qué hacer.

De repente la iglesia me dio una idea. Tenía dos puertas en paredes opuestas. Intentaríamos dejar a la cabra dentro. Era un insulto mayor, pero el riesgo merecía la pena.

—De cualquier modo, lo voy a intentar —dije.

—No se quedará. Conseguirá salir.

Seguimos el sendero en dirección a la puerta de la iglesia. Entramos. La cabra nos siguió. Grité:

—¡A la otra puerta, rápido!

Chemai corrió hacia la puerta de enfrente. La cabra le siguió, pero se paró bruscamente cuando la puerta golpeó sobre su cara. Yo me deslicé a través de la otra puerta y la cerré también detrás de mí.

Libre. Subimos corriendo un kilómetro y medio hasta el pueblo.

La cabaña de la abuela estaba cerca del centro del pueblo. Conocía bien el camino y un momento después estábamos llamando a su puerta, mirando hacia atrás para ver si la cabra se había escapado. Tuve que decir «Soy yo, Nharo» para que nos abriera. «Muchas cosas vagan de noche con la maldad en sus corazones», me había dicho una vez.

—¿Qué os trae aquí en mitad de la noche?

—Nada. Vamos a la estación. Queremos ir a Umtali.

—¿A la estación a estas horas? ¿Estáis locos? Debéis ser... —estaba mirando detrás de nosotros y entonces supe que nuestra amiga había logrado escapar. Rápidamente atravesé la puerta, pero la cabra nos siguió dentro de la cabaña.

Sin decir nada, la abuela se puso a preparar sus cacharros para las medicinas. Y repentinamente, a salvo y al calor, me di cuenta de que la cabra era inofensiva. Era sólo una amiga agraviada y se iría cuando se le compensara. La miré. Era una hembra pequeña, totalmente negra. A la difusa luz del fuego, me pareció que estaba triste.

La abuela se estaba tomando las medicinas y Chemai la miraba atentamente. Me sentí a salvo. Por fin, alguien que sabía cómo actuar se haría cargo de todo. Es una sensación reconfortante tener quien se ocupe de todo lo que tú no conoces.

(Traducción de AMALIA BERMEJO
y FÉLIX MARCOS BERMEJO)

Una historia de fantasmas

SUSAN COOPER (Estados Unidos)

ESCRIBO esto a mano en una hoja de mi cuaderno. Es la única manera de mantenerlo en secreto, ¿sabes? Un ordenador no es buen lugar para secretos..., especialmente el mío. Y, chico, esta historia tiene que seguir siendo secreta, a menos que quiera que me encierren por loco.

Verás por qué.

Me llamo Toby. Toby Waller. No tengo hermanos ni hermanas, pero sí unos padres hiperactivos: Paul y Ethel Waller. También tengo un perrito hiperactivo que se llama *Siete*, cuyo nombre viene de *Cincuenta y siete Variedades Heinz*; lo conseguí en la perrera y es una mezcla extraña, pero promete.

Mi padre es abogado. Dice que trabaja para tratar de mantener unida a la gente, aunque a mí me parece que más bien ayuda a que se divorcien.

Mi madre es psicoterapeuta, que viene a ser alguien que habla con gente que está confusa para intentar arreglarlo. También muchas de estas personas están divorciadas. No os confundáis, ésta no es una historia de divorcios, aunque cuando era muy pequeño me preocupaba por mi madre y mi padre, porque se gritaban mucho entre ellos. Puede que sea porque han vivido en Nueva York, que es un sitio de gritones.

Yo también viví en Nueva York, hasta el año pasado. Teníamos un apartamento bastante frío en East Side, y podía ir andando al colegio y jugar a la pelota en el parque, y cuando había desfiles en la Quinta Avenida se oía a lo lejos la música de las bandas. A mi ventana daban las ramas de un arce azucarero, de diferente color según la época del año. No sé qué les pasó a mis padres para que quisieran mudarse.

—En Connecticut hay *árboles* —dijo mi madre—. Campo, ríos, campos de golf.

—Aquí ya tenemos árboles —dije yo.

—Habrá menos polución —dijo mi padre—, menos violencia. Mejor ambiente para educarte.

Mi padre es básicamente una buena persona; el problema es que lo sabe todo de todo, y que siempre tiene razón. Una vez le oí discutir con el fontanero sobre el tipo de arandela que había que poner en el grifo de la cocina.

—No quiero dejar a mis amigos.

—¿Qué amigos? —dijo mi padre—. Nunca he visto a ninguno, excepto a ese chico del aro en la oreja. En Connecticut tendrás docenas de amigos.

—¡No quiero irme!

—Ya vale, Toby. No seas niño.

Así que vendieron nuestro apartamento y compraron una gran casa con ocho mil metros cuadrados de césped en un sitio llamado Shady Hollow, Connecticut, donde no había más que otras grandes casas con ocho mil metros cuadrados de césped. La casa tenía piscina y cancha de tenis, y un gran granero de madera, aunque si te digo la verdad, mis padres sólo lo llamaban granero por fingir que vivían en el campo en lugar de en un barrio residencial.

No me gustaba nada. Mi nuevo colegio estaba lleno de graciosos y princesas, todos aburridos. Mi madre y mi padre recibían a amigos sin parar, que venían a jugar al tenis los fines de semana, y yo oía sus carcajadas mientras estaba en mi habitación sentado al ordenador, escribiendo una larga carta a mi amigo Rick, el del aro en la oreja.

Y entonces empezó. La persecución.

Una mañana encendí el ordenador para continuar con mi carta. Desplacé el cursor por la pantalla hasta donde lo había dejado el día anterior. Había escrito: «Mi padre no soporta perder. Incluso está peor aquí que en la ciudad. Tiene que ganar a todo el mundo al tenis, nadar más largos que mamá o que yo, e incluso echarme una carrera cuando bajamos a desayunar. Estoy harto, harto, harto». Y ahí es donde lo había dejado.

Pero en la pantalla había más.

Harto harto harto harto HARTO. Házselo házselo. Gánale gánale gánale GÁNALE GÁNALE.

Eso era. Sólo dos líneas. Pero ¿de dónde venían? Yo no lo había escrito. Nadie excepto yo había estado cerca del ordenador desde la última vez que lo había usado, y no tiene *modem* para que accedan a él. Y los ordenadores no inventan palabras, aún no. ¿De dónde venían? Me quedé sentado mirando a la pantalla, desconcertado, y también preocupado, porque había algo malo en aquellas palabras que yo, sin embargo, jamás había sentido por mi padre. Mientras miraba, apareció una palabra más en la pantalla, debajo de las otras, sola en una nueva línea:

MÁTALE.

Di un respingo en la silla, asustado. Era como si el ordenador estuviese vivo. Lo apagué, más rápido de lo que puedas imaginarte, bajé las escaleras, cogí mi bici, y salí a montar por Shady Hollow, por sus bonitas y pacíficas calles plagadas de cornejos blancos y rosas. *Siete* me acompañó torpemente. Ya es bastante mayor para hacerlo; se mantiene cerca de mí en la bici y no ladra a los coches. Cuando llegamos al campo de golf le cogí para echar una carrera, y eso hizo que me olvidara del ordenador, así que estaba más tranquilo al volver a casa.

Siete fue a la cocina para beber agua. Era una bonita tarde de primavera, con el sol luciendo aún entre los árboles. Oí voces y risas en el porche, así que los mayores debían de haber acabado su partido de tenis y estaban fuera tomando algo. Mi padre se reía muy alto, o sea, que debía de haber ganado. Es un buen jugador de tenis, incluso en competiciones y torneos; gana muchas veces y siempre está intentando que yo participe. Para mi edad soy alto, coordino bastante bien, y no puede entender que no quiera ser como él, entrenar para convertirme en un jugador de tenis entusiasta y *ganar*.

No me acerqué al porche. *Siete* vino dando saltos con una vieja pelota de tenis en la boca, así que se la lancé de un lado a otro del césped, hacia la piscina y la pista de tenis. En el último lanzamiento la pelota cayó a la piscina, y *Siete* saltó al agua y nadó tras ella, levantando el morro y resoplando. Salió con el pelo empapado y pegado y la pelota en la boca, se sacudió, la soltó y me ladró pidiendo más. De repente se quedó rígido.

Estaba en el extremo de la piscina, cerca de la pista de tenis, que tenía una valla de alambre para evitar que se escapasen las pelotas. Se quedó allí mirando a la pista. Echó hacia atrás las orejas, dejó de mover la cola y empezó a gruñir suavemente, un sonido largo, bajo y amenazador que nunca antes le había oído. Era espeluznante.

—¡*Siete*! ¡Quieto! ¿Qué pasa? —fui hacia él e intenté acariciarle la cabeza, pero no se enteraba; era como si no supiera que yo estaba allí. Siguió gruñendo de una forma horrible, desde el fondo de su garganta, pero al mismo tiempo debía de estar asustado, porque se pegaba contra el suelo y retrocedía lentamente. Entonces dio un ladrido corto y alto, se volvió y fue corriendo a la casa. Era realmente extraño.

Entré a la pista de tenis por la puerta de la valla y miré entre los arbustos del otro lado, por si acaso hubiera un mapache oculto, u otro perro. No es que *Siete* se asustase de los mapaches, de otros perros o de cualquier otra cosa. Normalmente no.

No había nada, ningún signo de criatura viva, sólo una toalla blanca arrugada, unas pelotas amarillas y dos raquetas apoyadas contra la valla. Algunos amigos de mi padre no eran tan exageradamente cuidadosos con su equipo como él.

Conozco todas las reglas del tenis: cómo hacer saques, golpes por encima de la cabeza, dejadas, voleas altas y todo lo demás. Difícilmente puedes no saberlo en mi familia. Mi padre me hizo tomar lecciones privadas hace dos años, y hay un equipo de tenis de mi edad en mi nuevo colegio, aunque he decidido apartarme de él y de esas jóvenes promesas que deben de haber jugado en las pistas familiares desde que tenían cuatro años. Volví a cruzar la pista y cogí una raqueta y un par de pelotas. No miraba nadie, así que fui a la línea de saque y lancé una, sólo para ver si aún lo recordaba. No fue un mal saque, pero golpeó el borde de la red. Hice el segundo saque y la pelota pasó rápida sobre la red y botó sobre la zona de saque, así que me quedé contento.

Y entonces la pelota volvió hacia mí.

Estaba tan sorprendido que ni siquiera intenté golpearla. Me quedé boquiabierto y la pelota cayó a mi lado, dentro de la línea, y se alejó lentamente. La miré. Luego miré la pista vacía. Pensé: «¡Vaya saque, Toby!». Debía de haberla golpeado tan fuerte que, después del primer rebote, había dado en la valla del fondo y había vuelto desde allí.

Mientras lo pensaba, sabía que era totalmente imposible, pero ¿qué otra cosa iba a pensar?

Cogí la pelota y durante largo rato la retuve en una mano. En la otra conservaba la raqueta. No había ruidos, excepto el canto de un arrendajo que graznaba en un árbol del jardín. Entonces respiré profundamente y saqué. Deliberadamente me cuidé de no golpear tan fuerte como antes; fue un saque suave, y no había posibilidad de que la pelota golpease en la valla trasera tan fuerte como para rebotar.

La vi pasar sobre la red y caer en el suelo, y luego volver hacia mí, en una volea alta y lenta.

Imagino que mis escasas lecciones de tenis me han dado tanto instinto para el juego que, aun estando asombrado, hice lo que se supone que hay que hacer frente a una volea, que es correr hacia donde la pelota va a caer y dar un mate por encima de la cabeza tan fuerte y rápido que sea imposible que la devuelvan. La alcancé, eché mi raqueta hacia atrás y *golpeé*...

Y la pelota volvió otra vez hacia mí, baja y veloz, tan rápidamente que sólo pude quedarme allí parado, mirando cómo rebotaba del suelo a la valla, y luego rodaba suavemente sin hacer ruido. Me quedé mirando.

—¡Hola, Toby! ¿Vas a volver al tenis? Creo que tu padre dijo que eras una causa perdida.

Era uno de los compañeros de tenis de papá, el señor Patterson, vecino de al lado, un hombre calvo y amable, que había jugado al fútbol en el Dartmouth hacía cien años. Me caía bien; nos hablaba a los chicos como si fuésemos personas. Entró en la pista y recogió la toalla y una raqueta. Le devolví rápidamente la otra raqueta.

—Sólo estaba lanzando unas pelotas. Se las recogeré.

Corrí para recoger las pelotas que había detrás de mí y luego la que estaba al otro extremo de la pista. Vacilé antes de cogerla, y miré nerviosamente alrededor, pero no había nada, nadie a la vista.

Puede que no hubiera ocurrido nada. Puede que lo hubiera imaginado. Ni soñarlo.

El señor Patterson me sonrió mientras le daba las pelotas.

—Avísame si alguna vez quieres que alguien te las devuelva. No tengo tanta potencia como tu padre.

—Gracias —le dije. Era un tipo majo; conocía a papá, su apremio, su afán de ganar—. Gracias, señor Patterson, pero de verdad que no he vuelto al tenis.

Sí había vuelto. A mi pesar.

Antes de irme a la cama aquella noche, encendí el ordenador y abrí, muy nervioso, el fichero que contenía mi carta para Rick. Allí estaba, justo como la había dejado: «... Tiene que ganar a todo el mundo al tenis, nadar más largos que mamá o que yo, e incluso echarme una carrera cuando bajamos a desayunar. Estoy harto, harto, harto». Pero no había más. Las otras líneas, las misteriosas, no estaban. En su lugar había una sola palabra:

Perdón.

Lo miré asombrado, y me oí a mí mismo susurrar: «Vale». Imagino que fue la primera vez que empecé a creer que hablaba con un fantasma.

Iba a apagar el ordenador, pero en ese instante, justo a tiempo para leerlo, apareció una línea más.

Decía:

Buen golpe. La próxima vez en ángulo.

La pantalla se apagó.

A la mañana siguiente, temprano, antes de ir al colegio y después de que mis padres se fueran a la estación a coger el tren a Nueva York, bajé a la pista de tenis. Encerré a *Siete* en la cocina, aunque hiriese sus sentimientos. Cogí una lata de pelotas y mi raqueta, que había estado en el fondo del armario durante mucho tiempo. Lancé una pelota por encima de la red, volvió hacia mí, y durante casi una hora jugué con mi oponente invisible.

Después del *shock* inicial de aceptar lo imposible, fue asombroso lo rápido que me acostumbré a la idea de jugar al tenis con alguien que no existía.

En realidad no se podía decir que era jugar; era entrenar. Él —no sé por qué, pero asumí que era un *él*— me lanzaba el mismo golpe una y otra vez, hasta que se lo devolvía perfectamente bien. Entonces cambiaba a otro tipo de golpe y hacía lo mismo, y luego volvía al primero. Como no podía verle ni oírle, había un constante desafío al intentar averiguar dónde estaba, cosa que me fascinaba. De momento no me di cuenta de que era el mejor entrenamiento posible para aprender a anticiparse ante un oponente real, así que mandaba la pelota hábilmente a una parte de la pista que él o ella pudiera alcanzar.

Pero lo que aún no sabía es que él me estaba entrenando a mí. Yo sólo me divertía. Cada día, antes de ir al colegio, cogía mi raqueta e iba a la pista, si no llovía, y también después del colegio hasta que venían mis padres del trabajo. *Siete* no lo entendía del todo; no iba a la pista cuando yo estaba jugando, sino que se tumbaba fuera de la casa a esperarme, y luego saltaba intentando lamerme como si volviera de un viaje largo y peligroso. Bueno, quizá fuera así.

La única persona que había cerca era María, nuestra asistenta por horas, una mujer mofletuda y sonriente, encantada de cocinar y sacar brillo, a quien le traía sin cuidado si yo lanzaba pelotas de tenis o hacía cualquier otra cosa, con tal de que comiera un puñado de sus galletas de chocolate al volver.

El entrenamiento llegó a ser parte de mi vida, un verdadero hábito. Cuanto mejor lo hacía, más me gustaba. A menudo aparecían palabras alentadoras en el ordenador: «Gran volea la de ayer» o «Intenta dar efecto a tus golpes rasos». Lo único que me preocupaba en la pista era que, en cuanto daba un golpe tonto o era demasiado lento en cogerle el truco a algo, la pelota venía zumbando desde la red con fuerza, rápida y malintencionadamente, directa a mi cabeza. Siempre conseguí esquivarla, pero daba miedo, como una señal de rabia loca que podía estallar en cualquier momento. Después, por la noche, siempre había un «Perdón» en la pantalla de mi ordenador.

Mi padre se había equivocado en lo de hacer amigos en Connecticut. En el colegio me tenían por un solitario y un excéntrico; el niño de Nueva York que leía mucho y al que no le gustaba la música adecuada. Las chicas se reían, y los chicos me dejaban solo. Así que se enteraron de lo del tenis por accidente.

Nuestro profesor de física, el señor Dmitryk, un tipo apasionado y moreno, con un enorme bigote, tenía madera de inventor. Le encantaba construir máquinas para demostrar principios científicos, y dividió nuestra clase en tres grupos, cada uno de los cuales disponía de una de las máquinas y tenía que mejorarla. Como el señor Dmitryk era uno de los entrenadores de tenis del colegio, la máquina que le dio a mi grupo era uno de esos artilugios que lanzan pelotas sobre la red para devolverlas cuando necesitas practicar y no tienes compañero.

Con su ayuda, nos las arreglamos para enterarnos de cómo funcionaba aquel cacharro, desmontándolo y luego montándolo de nuevo. No es que mi presencia fuera muy útil, porque las matemáticas y las ciencias no son lo mío. Me quedé al margen mientras los demás lo empujaban hacia una de las pistas del colegio para enseñar al señor Dmitryk lo que habían hecho, así que me mandaron hacer el sucio trabajo de recogepelotas.

El señor Dmitryk me dio una raqueta.

—No me importa si sabes jugar —dijo benévolo—. Basta con que las cojas y las devuelvas.

Fui al otro lado de la red, miré la raqueta que tenía en la mano y pensé: «No voy a usarla. No soy uno de los graciosos. Ni voy a serlo. Sólo voy a cogerlas según vengan, o a pararlas, y todos se reirán del tonto de la ciudad...».

Pero algo me detuvo. Era como si la raqueta estuviese pegada a mi mano. «¡Allá vamos!», gritó alguien; pusieron en marcha la máquina y empezaron a disparar pelotas una a una por encima de la red y, una tras otra, las devolví todas. Magnífico. Las golpeé de todas las formas posibles: golpe alto con efecto, efecto lento, revés, golpe de fondo, volea alta...; sabía que estaba alardeando, pero no podía parar.

Todo el mundo me miraba desde el otro lado

de la red. Habían olvidado su máquina lanzapelotas, y estaban sorprendidos de ver al alfeñique de Nueva York convertido en el supermán del tenis. Yo también estaba muy sorprendido; no me había dado cuenta de lo mucho que había aprendido. Cuando se acabaron las pelotas y golpeé la última con un espectacular golpe alto con efecto, me volví hacia el pasmado grupo y el señor Dmitryk vino a mi encuentro.

—Nunca me habías dicho que supieras jugar así —dijo.

—Nadie me preguntó.

—¿Puedes venir esta noche a practicar?

De este modo llegué a ser el miembro más joven del equipo de tenis del colegio, y no me costó ningún esfuerzo ganar a gente dos o tres años mayor que yo. Mi entrenador invisible parecía saberlo sin que se lo dijera, ya que era más intenso y exigente en las prácticas matutinas que en las que tenía en el colegio por la noche. Mis padres se enteraron, por supuesto. El señor Patterson se lo oyó a su hija y se lo dijo.

Mi padre estaba furioso.

—¿Qué te pasa? ¿Tengo que oír de mi vecino que mi hijo es la estrella del equipo de tenis?

—No soy una estrella —respondí.

—¿No me vas a dejar estar orgulloso de ti? —dijo con un tono tan enfadado que no parecía estar precisamente orgulloso.

Mi madre me lo reprochó más tarde:

—Él sólo quiere sentir que te ayuda, cariño. Ya sabes lo aficionado que es al tenis.

Pensé: «Quieres decir, sabes lo aficionado que es a ganar». Pero no lo dije. No tuve que hacerlo. No habían pasado ni diez días cuando mi padre, un sábado en que mi madre y él acababan de ganar a los Patterson en nuestra pista, me llamó para desafiarme a un partido.

—Estoy haciendo mis deberes, papá.

Estaba fuera, gritando hacia mi ventana.

—Pues hazlos después. Venga, Toby, déjalo por una hora, haz el favor. Tres *sets*. Enséñame lo bueno que eres. ¿Tienes miedo de que te gane?

Di un suspiro y apagué el ordenador. Justo antes de oscurecerse la pantalla, apareció una línea:

MÁTALE MÁTALE MÁTALE.

Luego desapareció.

Era de nuevo la furia, la maldad. Temblando, cogí mi raqueta y salí a jugar con mi padre.

Fue un partido difícil. Ganó el primer *set* porque iba a toda velocidad, jugando verdaderamente bien. Yo gané el segundo, porque él es treinta años mayor y ya había jugado un partido de dobles aquella mañana. En el tercer *set* se defendió furiosamente, pero yo estaba lanzado. Sentía a mi entrenador invisible gritando dentro de mi cabeza, y al mismo tiempo mi propia adrenalina me empujaba a ganar.

Pero en el último momento me fijé en la cara de mi padre, realmente torturado por el esfuerzo. Comprendí que yo estaría igual y, de repente, sentí odio. Era por todo aquello de la competitividad y el deseo de ser mejor que nadie. No quería que me importase tanto ganar como a él. Así que me relajé para no jugar con ferocidad, y mi padre ganó no sólo ese punto, sino todo el juego.

Él estaba encantado, por supuesto. Sin aliento y bañado en sudor, corrió hacia mí y saltó sobre la red como si fuera un campeón de Wimbledon o algo así.

—Sigue intentándolo y algún día podrás ser incluso tan bueno como tu viejo.

Levanté la vista y vi que mi madre ponía mala cara al oírle. Esperó a que se fuera satisfecho a que le felicitaran los Patterson, y entonces vino a darme un largo abrazo. No necesitaba decir nada; ambos sabíamos cómo era.

Aquella noche no me atreví a encender el ordenador, ni al día siguiente, porque sabía lo que diría mi fantasma. Estuvo furioso los dos días siguientes, y cuando lo encendí y la pantalla se iluminó, no vi nada excepto una secuencia ininterrumpida de palabras de enfado:

IDIOTA IDIOTA IDIOTA IDIOTA IDIOTA...

Intenté escribir «Lo siento», pero no me dejó. La misma palabra llenaba toda la pantalla sin parar, y luego se quedó en blanco, como si mi fantasma se hubiera ido resentido y hubiese convencido al ordenador de hacer lo mismo. Al día siguiente intenté encontrarme con él en la pista de tenis, por la mañana temprano; pero rechazaba claramente practicar conmigo, y no devolvía ninguna de las pelotas que le lanzaba. Sólo botaban y se paraban.

—¡Eh! ¡Vamos! —grité al aire—. ¡Necesito a mi entrenador! ¡No te enfades conmigo!

Pero estaba enfadado, muy enfadado. Podía sentir su ira en el aire, un hormigueo como la electricidad que se siente en una tormenta. Algo en su agitada rabia me asustaba incluso más que la propia idea de que fuese un fantasma. Por primera vez empecé a preguntarme quién era, o quién había sido.

Aquella noche le dije a mi madre:

—¿Quién vivía en esta casa antes que nosotros?

—Una anciana encantadora llamada Ferrold. Se mudó a Florida. Dijo que le gustaba que viniera una familia feliz —pulsó el botón del microondas y de repente me miró a los ojos—. ¿Eres feliz aquí, Toby?

—Oh, sí. Sí, claro que sí.

—Tienes buen aspecto. Saludable. Y te ríes más.

—¿Sí?

—Sí —me dio un breve abrazo—. No puede evitar ser así, ¿sabes? Quizá ninguno de nosotros pueda.

—Ya lo sé —volví a abrazarla, sólo un momento, y pensé: «¿Mi padre? ¿O mi fantasma?».

Aquel fin de semana salí con mi bici y vi al señor Patterson entretenido con su cortacésped. Le gustaba cortar su propio césped. Me saludó, entré y, ya que estaba, le dije lo que tenía en la cabeza.

—Señor Patterson, ¿vivió alguien peligroso en nuestra casa?

Sus manos se detuvieron, y se quedó mirándome con la boca medio abierta. Después de un momento dijo:

—¿Por qué?

—Só...sólo preguntaba.

El señor Patterson se apoyó en el cortacésped y

73

se colocó la gorra de béisbol sobre su calva. Sus ojos, habitualmente alegres, se fijaron en mí, serios y sinceros.

—Bueno —dijo—, no es una bonita historia, pero puede que necesites conocerla.

—Sí, por favor.

El señor Patterson dijo:

—Fue hace unos cuarenta años, cuando yo era un niño. La familia que vivía en tu casa tenía un chico mayor que tú, de unos dieciséis, imagino, y una niña mucho más pequeña; y la madre era una persona muy amable. Pero el padre era un horror: un hombre frío y difícil, con mal carácter. Había estado en los marines durante la segunda guerra mundial y creo que su mente todavía permanecía allí. Llevaba la casa como una prisión militar: los niños y la madre tenían que acudir cuando él silbaba y, si se enfadaba, era terrible. Un hombre violento —hizo una pausa y sacudió la cabeza—. El chico era amable, como su madre, pero tenía el genio de su padre. Una noche tuvieron una pelea tremenda. El padre había bebido, creo, y se enfadó con la niña pequeña y le pegó en la cara. El chico se puso furioso, creo que quiso matar a su padre, cogió a su hermana y se escapó de casa con ella, conduciendo como un loco el coche del padre. Se estrellaron contra un árbol y murieron los dos.

Me eché hacia atrás, como si me hubieran dado un golpe. Sentí el dolor, el miedo y la rabia sin fin de mi fantasma como un largo grito en el fondo de mi mente.

—El padre desapareció —dijo el señor Patterson—. Sencillamente se fue. Jamás se supo qué le

74

ocurrió. La pobre señora Ferrold se quedó en la casa, pero sólo era la sombra de una persona.

—¿Jugaba el chico al tenis?

—Hicieron esa pista para él —dijo el señor Patterson—. Iba camino de ser campeón nacional juvenil. Su padre solía dirigirlo como si entrenase a un caballo de carreras.

—¿Cómo se llamaba el chico?

—Jimmy —dijo el señor Patterson.

Nuestro equipo de tenis ganó el campeonato regional, y yo gané los individuales de mi edad. Luego vinieron las vacaciones de verano. Mi padre quería que fuese a la pista de tenis, y no entendía por qué no quería salir de casa. Tampoco entendía que no quisiera practicar con él y que prefiriera ir con los chicos a las pistas del colegio. No podía explicarle que cada vez que él y yo íbamos juntos a nuestra pista, sentía la inaguantable ola de rabia que fluía de mi fantasma. No podía soportarlo; iba a volverme loco. Aquellos días lo único que sentía era rabia; no había más entrenamientos. Era como si el partido que yo había perdido y mi padre había ganado, hubiera dejado a Jimmy eternamente inmerso en aquel terrible enfado y resentimiento que lo había matado.

Entonces mi padre y el señor Patterson hicieron algo de lo que no pude escapar. Organizaron un torneo de tenis en el vecindario, que se jugaría en nuestra pista. No había límites de edad ni sexo; todos jugarían contra todos. Y ya que tenía que jugar para ganar, por miedo a provocar a mi entrenador invisible que estaba al borde de la locura,

me encontré clasificado en las finales de individuales contra mi padre.

Allí estábamos a ambos lados de la red, cara a
cara, con docenas de personas mirando, sentadas
en fila fuera de la valla. Vi a mi madre, que parecía muy triste. Mi padre me sonrió burlonamen-
te y se escupió en las manos.

—Bueno, chico —dijo—. ¡Vamos a ver de qué
madera estás hecho!

Fue un partido largo, terrible y feroz, a causa
de la apremiante ansia de mi padre por ganar a
su hijo, embarazosamente obvia para todos, y de
la oleada de rabia contra él, que llenaba la pista
y nadie podía sentir excepto yo. Ambos jugamos
asombrosamente bien. Sentía a Jimmy incitándome continuamente, incitándome con furia para ganar. Mi padre ganó el primer *set*, yo gané el segundo; él ganó el tercero y yo el cuarto. Él ya
respiraba con dificultad y empezaba a cansarse. En
el último *set* íbamos cinco juegos a cuatro, y era
mi servicio.

Hice un saque rápido por debajo de la línea, y
mi padre se lanzó pero no pudo alcanzarlo. Quince a cero. Saqué otra vez, y él la devolvió pero dio
en la red. Treinta a cero. De nuevo vi la expresión
de tortura en su cara, el deseo angustioso de no
perder. Pero no me importó. Jimmy estaba dentro
de mi mente chillando MÁTALE MÁTALE MÁTALE,
y todo lo que yo quería era ganar. Hice dos *aces*
seguidos sin respuesta, mi padre perdió el segundo
patinando boca abajo sobre la pista, y yo gané el
partido.

No oí los aplausos. La rabia que rugía en mi
mente se transformó en un rencoroso grito de de-

leite, como si mi fantasma esperase regocijarse con la cara amargada, furiosa y de derrota de mi padre. Había esperado el triunfo, con toda la rabia acumulada durante cuarenta años de muerte resentida.

Pero no ocurrió nada. Mi padre se puso de pie, tiró su raqueta, corrió hacia la red y la saltó como había hecho cuando me había ganado. Me dio un gran abrazo, y luego me empujó sujetando mis hombros con las manos, mirándome con una gran sonrisa de placer, como la que pone un niño pequeño delante del árbol de Navidad. Por un momento se me ocurrió que, en realidad, en algún lugar de su mente era un niño pequeño, mucho más pequeño que yo. El regocijo era absolutamente auténtico. Dijo muy contento:

—¡Toby, eres una condenada maravilla! ¡Estoy muy orgulloso de ti!

Luego me abrazó otra vez y me besó en la mejilla, y no pude decir una sola palabra. Al otro lado de la valla vi a mi madre radiante.

Y gradualmente sentí que toda la rabia, el resentimiento y el odio desaparecían del aire de aquella pista de tenis y de la casa, y en su lugar había un asombro maravillosamente feliz, paz y una pequeña brisa que agitaba los arces contra el cielo azul.

Aquella noche, encendí el ordenador antes de acostarme. Escribí:

Ahora todo va bien, Jimmy. Va bien. Duerme.

Durante un instante, mis palabras aparecieron en la pantalla.

Lo haré. Buenas noches, Toby. Jue-gas bien. Adiós.

Después la pantalla se apagó y él se fue.

(Traducción de AMALIA BERMEJO
y FÉLIX MARCOS BERMEJO)

¡Atención, lector!

Roberto Piumini (Italia)

Atención, lector.

Yo no soy un cuento como los demás. Harías muy bien en no continuar la lectura. Yo soy peligroso. Más que peligroso, soy dañino.

¿Sigues leyendo?

No seas curioso, amigo. No, por lo menos por esta vez.

Yo no soy un relato: soy una maldición. El por qué lo soy es algo que nadie puede saber y que a ti no debe importarte. Quizá me ha escrito el diablo.

Así que te aviso: no me sigas leyendo, no sigas leyendo. Leerme trae desgracia.

¿Por qué sigues leyendo? Reflexiona: si tú hubieras empezado a andar por un camino, y alguien desde lejos te gritase: «¡Párate, vuelve atrás! ¡Éste es un camino terrible, peligroso, mortal! ¡Si sigues adelante encontrarás abismos, animales feroces, asesinos!». Si alguien te gritase estas palabras, ¿seguirías adelante? No lo creo: te pararías y volverías atrás.

Entonces, ¿por qué sigues la lectura? Te he dicho que este relato es una maldición, una desgracia. Detente aquí, no leas una sola línea más. Lee otro relato: hay muchos en el mundo, incluso en este mismo libro.

Y a pesar de lo que te digo, tú sigues leyendo. Quizá no me crees. Quieres saber por qué estoy maldito. El hecho es, amigo imprudente, que todas las cosas escritas en este relato, mientras lo lees, ocurren. No, no sólo en el «relato» o en tu «imaginación», ocurren de verdad, en la realidad, en el mundo.

Como te he dicho, soy un terrible agorero.

Entonces, déjame, amigo. Lee cualquier otra cosa.

¿Aún me lees? ¿No te bastan mis advertencias? Te sientes seguro. Tú piensas: «¡Tonterías! ¿Qué quieres que pase si leo? ¿Quién me ve? ¿Quién lo sabe?».

Bueno, eres tú quien lo ha querido. Será un ejemplo duro. Recuerda: lo que leerás aquí, pasará justo en el momento en que lo leas. Pasará porque tú lo estás leyendo. Si no quieres que pase, no leas. Párate aquí, en esta misma línea.

No te has parado. Al menos, hazlo cuando empieces a leer algo malo, algo feo. Si tú te detienes, también la cosa se detendrá. Si paras de leer antes de que sucedan, las cosas no pasarán.

Yo no podré pararme ni advertirte nuevamente: un cuento, cuando empieza, debe proseguir hasta el final. Pero tú puedes pararte cuando quieras. Tú eres libre de no leer más. Párate, antes de que sucedan cosas terribles.

Bueno: pues Milovic apretó fuertemente la metralleta y dobló más las piernas contra el húmedo tronco del árbol. Notó el frío de la nieve compacta sobre la tela mojada de sus pantalones. El frío en sus rodillas le producía casi dolor. «Mono impermeable», habían dicho los de equipamiento. ¡Imbéciles! Ellos estaban lejos, en la retaguardia, distribuyendo armas y municiones y descargando las camionetas. No tenían que estar encogidos, quietos, bajo aquel frío lacerante, a veces durante horas, en posiciones incómodas, sin poder ni tan siquiera levantar la cabeza. Los malditos bosnios disparaban mal, es verdad: pero una bala, aunque esté mal disparada, si te da te mata.

Pero, ahora, los de la casa ya no disparaban. Al menos hacía veinte minutos que no se oía nada. ¿O quizá hacía ya media hora? Se oían disparos que venían de lejos, de allá abajo en los bosques de Ravezjie, cerca del puente de la carretera. Disparos amortiguados, como notas de un canto de hielo, repetidos, suaves, sostenidos en el aire blanquecino. Casi agradables al oído. Te provocaban sueño...

Milovic sacudió la cabeza, furioso. Sólo faltaría dormirse ahora. Antes era necesario desalojar a aquel par de ratas bosnias. No se rendían. Mejor así: es más guerra, cuando los otros no se rinden. Las cosas son más claras, más decisivas.

Levantó medio centímetro la cabeza, después otro medio centímetro. Miró. La casa, con sus muros sucios y las huellas de tiros alrededor de la ventana, estaba inmóvil en el frío: parecía pintada. Demasiado silenciosa.

Heridos, no podían estar heridos. Quizá se habían marchado... Pero al otro lado estaba Van, cubriendo la retirada: se habrían oído disparos. No. Aún estaban allí dentro aquellos dos. O aquel uno.

Quizá era uno disparando aquí y allá para fingir que no estaba solo: y así desperdiciaba balas, el idiota.

Casi oprimido por el silencio total de la casa, Milovic levantó un poco más la cabeza. Tal vez había acabado las municiones aquel cerdo musulmán.

Decidió avanzar un poco. Levantó la metralleta y lanzó una ráfaga de tiros, sin fijar la mira, simplemente para asustar. Después corrió un poco, agachado, hasta llegar al tronco de un gran abedul, a quince pasos de la casa. Un fuerte estremecimiento corrió por su nuca: ya lo conocía. Era el mordisco absoluto, inmediato, del miedo. Se pegó contra el tronco soltando por la boca dos o tres nubecillas de aliento convulso.

No salieron disparos de la casa.

Le cogió una rabia impaciente.

—¡Van! —gritó hacia el cielo. Quería saber si su compañero estaba aún en la otra parte de la casa.

Van era algo extraño: no malvado, pero sí alocado. Era capaz de dejar una acción para ir a pedir un cigarrillo a quinientos metros de distancia, a los de la camioneta. Era capaz de dormirse en la nieve, allá, en medio de los disparos.

—¡Van! ¿Estás ahí?

Silencio. En la casa y en el bosque. Las voces resonaban aquí y allá. Bofetadas de sonidos sobre cosas muertas.

Milovic arrugó la frente. Ahora ya no sentía frío en las rodillas. Ahora lo tenía en todo el cuerpo. Tenía que comer y calentarse. Quería encender un fuego.

Decidió poner fin a todo aquello. ¿No le llamaban «Milovic el decidido»? No era la primera vez que atacaba a un bosnio a cubierto: sabía cómo hacerlo. Se adelantó un poco. Miró. La casa estaba inmóvil, muda. Tendrían pocas balas, si es que tenían. Quién sabe quién les habría instruido: algún beduino iraní probablemente. Envían gente acostumbrada a combatir en el desierto para instruir a gente que debe combatir en las montañas. Simples, bobos: dignos de un final de bobos.

Saltó, disparó ráfagas de balas en dirección a la ventana y a la puerta, llegó junto a la pared de la casa. Después, un eco sordo de disparos le llegó fuerte y próximo, luego más lejano, y nada más. Un silencio ofendido, sorprendido por el ruido. Tampoco se oían disparos ahora desde el fondo del valle.

Con las losas frías contra su espalda, pensó: «Ahora contaré hasta diez y entro». Nadie en su grupo tenía más valor que él. Contó sólo hasta siete y decidió entrar. Con las piernas plantadas delante de la puerta, disparó decidido su metralleta. Volaron astillas de todas partes. Dio una patada a la cerradura y la puerta se abrió hacia dentro.

Gritando una blasfemia contra Alá, Milovic entró disparando a su alrededor, en semicírculo, generosamente. Acribilló paredes y restos de muebles de los campesinos, y destrozó el cristal de una gran fotografía en la que unos novios se cogían del brazo sobre el puente de Mostar.

Renegó contra su Dios esta vez, y se paró. Había una ventana abierta en el lado opuesto a la puerta: se asomó y vio huellas ligeras sobre la nieve. Renegó de nuevo en voz baja. Vete a saber cuánto tiempo hacía que se habían marchado, y él, allá en la nieve, con las rodillas heladas. ¿Y Van? Deseó que hubiera muerto. Van era una desgracia. Un día u otro, durante una batalla, él mismo le dispararía una bala. Habría sido mejor que hubiese ido a combatir con los bosnios, así lo habría perdido de vista enseguida...

Miró toda la habitación y vio la chimenea. Era pequeña, negra. Una chimenea es un fuego y allí había leña. No eran ramas secas, pero era leña.

Milovic partió a patadas la puerta acribillada, recogió un haz de leña porosa, preparó el montón en la chimenea, arrugó la fotografía de los esposos, la metió debajo de la leña y la encendió. Un humo negro, extraño, ácido, empezó a subir. La madera de la puerta quemaba mal, con una llama que salía de aquí y de allá, como la lengua de una serpiente escondida.

Milovic tosió. Se puso en tensión, atento. Había oído un golpe de tos que no era la suya. Cogió la metralleta y volvió la cabeza hacia la izquierda, escuchando.

Oyó de nuevo aquella tos, rápida, sutil, secreta. Venía de debajo del suelo. Vio una trampilla justo debajo de la mesa. Se inclinó silencioso y apoyó la oreja en la madera oscura, encerada, que olía a cuero y a comidas cocinadas a lo largo de cientos de años. Oyó el susurro de una mujer, implorante, que pedía a alguien silencio. Después otro golpe de tos, ahora como ahogado por una pieza de ropa.

Una mujer y un niño, o una niña, seguramente. Y ¿quién más? Podía ser el cerdo bosnio que guardase una última bala en su arma.

La madera de la puerta ya ardía plenamente. El

humo subía espeso hacia el techo de vigas de la habitación. De la chimenea surgía un calor muy agradable.

Había dos opciones. Una difícil, peligrosa y molesta: apartar la mesa, abrir la trampilla, mirar quién había dentro, ver si era o no peligroso y, eventualmente, interrogar, vigilar, acompañar... Y perderse aquel calorcillo que ya le estaba secando las rodillas mojadas por la nieve.

Milovic se decidió por la segunda. Se levantó lentamente y cogió una bomba de mano del bolsillo. Para evitar la trampilla, buscó con la mirada si había alguna fisura útil. Vio una bastante grande a lo largo de la pared, a medio metro de la puerta. Un pasadizo para los ratones de campo.

Se puso bajo la puerta para protegerse, soltó la espoleta de la granada y, apartándose a un lado, la metió por el agujero: pequeño, oscuro ratón de guerra. Sintió la explosión del suelo y un pequeño grito de mujer. Después, el humo oscuro de la habitación se aclaró de improviso y se movió extrañamente en círculo, como un violento carrusel de ángeles negros. No hubo mucho ruido. El carrusel se paró y se hizo el silencio. El fuego, casi apagado por el movimiento del aire, surgió de nuevo chisporroteando en la chimenea.

Milovic entró y, andando a lo largo de la pared, se agachó delante de las llamas. Estiró las manos y se quedó quieto, chupándose la parte interior del labio, donde notaba un sarpullido doloroso.

Culpa de aquella porquería que daban de comer por aquellas montañas. En Sarajevo seguramente comían mucho mejor.

De todas maneras, aquel fuego era un consuelo.

¿Todavía estás leyendo? Ha sucedido. Tú no eres culpable de ello, pero leyéndolo, has permitido que sucediera. Ésta es la maldición. Ya lo has hecho, no te has parado: has leído.

¿Lo entiendes ahora?

Así pues, no leas más este relato: párate aquí. Ya has leído bastante. Si tú no lees, yo no existiré. Las cosas que están escritas en mí, no pasarán. No existirán en el mundo.

¿Por qué sigues? Ya lo sabes: yo no puedo parar, yo soy un cuento, pero tú eres una persona. Y lo sabes: si me lees, las cosas leídas pasan.

Quizá estás pensando que no todas las cosas que están en mí serán terribles. A lo mejor piensas que habrá cosas bonitas, agradables, y que tú leyendo harás que ocurran...

¿Vale la pena correr el riesgo? Si tú, a propósito de bombas, encontrases una bomba, ¿jugarías con ella, confiando en que fuera de juguete, que estuviera hecha de chocolate y que al explotar de ella saldrían florecillas?

Deja de leer ya. No esperes a la próxima línea. Puedes hacerlo: párate.

Chavier, capitán de la *Godard Super*, llevó la embarcación a una nueva ruta: una ruta más al norte, un poco insólita en el Atlántico, algo próxima a los icebergs, pero no tanto como para resultar irregular. Únicamente era más improbable encontrar otras naves comerciales, ni tampoco pesqueras, al menos en aquella estación.

El día era espléndido y el mar estaba llano. No parecía un océano, sino uno de aquellos mares interiores de Oriente o del alto Adriático hacia Trieste, por donde Chavier había conducido durante muchos años pequeños petroleros. Pero no: aquello era el océano. Millones y millones de toneladas de agua, espacios secretos con sus peces, ballenas misteriosas, monstruos abisales. Todo gente tranquila. Gente que no habla.

La puerta de la cabina se abrió. Entró Shippers y se sacó la pipa de la boca. Lo hacía siempre: era una especie de acto de respeto hacia el capitán. Luego se la ponía otra vez en la boca, lentamente, disfrutándola, como hace un niño goloso con sus caramelos.

Shippers echó una ojeada al cuadrante y se rascó por un momento la barbilla. Luego, miró hacia delante y con voz tranquila dijo:

—¿Tan al norte, John? Alargaremos la travesía al menos diez leguas...

Chavier no respondió. Echó una ojeada a los instrumentos, como si quisiera comprobar algo, y volvió a mirar hacia delante, a la extensión verde oscura del agua. Shippers esperó sin decir nada. Si el capitán no tenía ganas de hablar, no debía insistir. Desde luego, eran amigos, pero cuando uno tiene ganas de estar callado, es más amigo de sí mismo que de los demás.

Poco después, Shippers salió y bajó la escalerilla hasta el puente de carga. Era su último viaje y lo quería disfrutar. Cuarenta y tres años en barcos mercantes: lo suficiente para ser lo que antes llamaban «un lobo de mar». Después de aquel viaje de ida y vuelta, ¡basta!: vería el mar desde lo alto de la escollera, en su pequeña casa de Cornualles. Con Elisabeth, que esperaba muy contenta el tiempo de la lenta compañía. Y Jimmy iría a verle mucho más a menudo que ahora, desde Taunton, con Mary y George. Shippers tenía muchas cosas que explicarle: el mar, solamente con mirarlo, ya te hace venir historias a la memoria y a la boca...

Pasó por la bodega y se paró para hablar un poco con Peterson, el jefe de máquinas, que había subido para fumarse un cigarrillo al aire libre. Veinte años llevaban juntos en varios barcos. Se conocían bien.

—Han cargado algo extraño en Liverpool, ¿no te parece? —dijo Peterson, mirando directamente al norte, hacia la frente helada del mundo.

—¿Extraño? No sé, Paul, estaba en la cabina. Chavier me había confiado las relaciones de aduana. Del cargamento se ha cuidado Scatts... ¿Por qué dices «extraño»?

—No sé, Charlie... Normalmente los barriles se meten en el interior, ¿no? —dijo Peterson.

—Es verdad. Son más estables dentro. Y, además, es más fácil bajarlos a la llegada.

—Claro.

—¿Por qué «claro», Paul?

—Porque esta vez han metido un centenar encima de la rampa, sin ni siquiera fijarlos bien, según creo. Si nos coge una de esas borrascas de Terranova, esos barriles empezarán a correr como si fueran bolas de billar...

—Pero ¿qué dice Bob al respecto?

—Dice que ya está bien así, que están suficientemente sujetos. No sé: hay algo extraño en esta carga...

—Ahora iré a ver —dijo Shippers.

Cuando le vieron llegar a la puerta de la bodega, los hombres se miraron entre ellos. Estaba

Bob, el jefe de carga, y dos de sus ayudantes, gruesos irlandeses de cara blanca.

—Bob, quiero dar una mirada a la carga —dijo Shippers tranquilamente.

—¿Por qué? —preguntó Bob, echándose hacia atrás sus rojizos cabellos—. Scatts ya lo ha controlado todo.

Shippers dijo tranquilo:

—Sólo quiero ver las cajas de Manchester, Bob. Han tenido errores en la numeración y debo señalar su posición en los registros. Es cosa de dos minutos.

—¿El capitán ya lo sabe? —preguntó Bob, rascando el barniz del taburete en que estaba sentado—. Ya sabes que la bodega se abre sólo a sus órdenes en el mar.

—Llámale, Bob, no me hagas perder tiempo —la voz de Shippers era exigente ahora, de segundo de a bordo. Sabía ponerla todavía más dura con Jimmy, cuando le explicaba historias de piratas, paseando entre las gaviotas de Punta Hartland.

—Ya abro —dijo Bob de malhumor.

Un cuarto de hora más tarde, Shippers entró de nuevo en la cabina de mando. No llevaba la pipa en la boca ni en la mano.

—La carga está equivocada, John —dijo decidido.

—¿Cómo?

—Scatts se debe de haber vuelto loco. Ha puesto un centenar de bidones verdes con la inscripción «Disolventes Especiales» fuera, sólo atados con un cordel. Al primer golpe de mar, se irán a paseo por toda la bodega.

—Scatts tiene la cabeza en su sitio, Charlie —dijo el capitán sin mirarle, lentamente.

—No; esta vez no, John. Esa carga no aguanta ni una marejada.

—Contempla el mar, parece una balsa de aceite —dijo el capitán con una extraña mueca—. No se prevé mar fuerte al menos en tres días.

Shippers calló un momento, sorprendido. Tenía una extraña sensación de irrealidad.

—La travesía dura ocho días, John —dijo.

El capitán dio un largo suspiro. Después se volvió para mirarle.

—Esos bidones están bien donde están, Charlie —dijo.

—¿Qué quieres decir con eso de que están bien donde están?

—Quiero decir que los descargamos esta noche.

—¿En el mar?

—¿Dónde si no? —respondió el capitán, mirando nuevamente hacia delante.

Shippers, nervioso, se puso una mano en el bolsillo. Tocó la pipa pero no la sacó. Enrojeció y sintió un escozor agudo en el estómago. Le parecía que era el último de los imbéciles.

—¿Qué asunto es éste, John? —preguntó.

—No lo sé, ni me importa —respondió Chavier, sin mirarle—. Es algo que angustia al mundo y que debe desaparecer. Esta noche abriremos el portillo lateral de la bodega, y empujaremos fuera esos cuatro bultos. Nadie en el mundo se dará cuenta.

—Ni siquiera yo, si estuviera durmiendo en mi cabina, ¿verdad? —dijo Shippers con amargura. El estómago le quemaba ahora continuamente, como cuando tomaba dos cervezas de más en el *pub* de Henry Sheiley.

—El armador está de acuerdo, Charlie —dijo el capitán—. Hay dinero para todos, también para ti. Bastante más que una buena propina, Charlie. Podrás cambiar el techo de tu casa en Raswill.

Shippers se apoyó una mano en el estómago, sin apretar.

—Debe de ser algo mortal, John —dijo—. Debe de ser una porquería terrible si no la quieren ni en Truro. Aquí el mar tiene una profundidad de hasta cinco o seis mil metros, lo sabes. La presión los destruirá antes de que lleguen al fondo, y la corriente...

—Me han dicho que son contenedores reforzados, Charlie —dijo el capitán, quitándose la gorra y rascándose la cabeza con una mano—. Es metal que resiste hasta los diez mil metros.

—Mentiras, John, los he visto. Son bidones normales.

Hubo un silencio. Sólo se oía el rumor sordo y lejano de los motores de la nave. Después, Shippers dijo con voz extraña:

—Por aquí pasan las ballenas con sus crías en primavera. Me lo ha explicado mi nieto Jimmy, que lo sabe todo sobre las ballenas...

De nuevo silencio.

—Vete a descansar, Charlie —dijo por fin el capitán—. Mañana de madrugada habrá acabado todo. El mar es grande y nadie puede hacerle daño, ni siquiera nosotros. Y si no hacemos esto nosotros, lo haran otros: quizá aquellos perros de Hamburgo que descargaban cerca de la costa. Vete a dormir. Es tu último viaje, no te lo estropees. Enseguida subirá Scatts, y es mejor que...

—Es él el que dirige el asunto, ¿verdad?

Charlie no respondió.

Con el estómago abrasando, Shippers dejó la cabina. A la izquierda de la proa, el sol ya estaba bajo sobre el mar. El barco lo seguía, pero no podría alcanzarlo. Detrás, por el oriente, venía una gran sombra.

Shippers bajó a su camarote, a tumbarse para que le pasase el ardor de estómago. Después, buscaría a Scatts y... Quizá era mejor ir a hablar primero con Peterson y los demás. Probablemente en las máquinas nadie sabía nada de aquel asunto. Quizá lo sabían sólo los de la bodega. Siete u ocho personas.

Se tendió en su litera sobre el vientre y respiró despacio, como solía hacer. Enseguida estuvo mejor: tenía una úlcera casi domesticada y sabía cómo combatirla... Un golpe de sueño violento le ganó. Soñó confusamente: Jimmy, las gaviotas de La Punta y, luego, Jimmy montado sobre un cachalote que le saludaba más allá de los escollos. Después, Elisabeth que corría más arriba, a lo largo del sendero del faro, con una sartén de buñuelos en la mano...

Se despertó sudando, aturdido. Se sentó con torpeza. En el ojo de buey, a su derecha, la última luz del día era absorbida por la masa oscura del océano.

Se puso en pie, respiró a fondo y salió del camarote. Empezó a bajar la escalerilla del tercer puente para ir en busca de Peterson. Estaba oscuro el mar. El aire salado del Atlántico le gustó más que nunca.

Estaba a mitad de la escalerilla, cuando cuatro brazos fortísimos le arrancaron de los peldaños y le lanzaron más allá del parapeto. Volando, cayendo, aún logró pensar en Jimmy por un instante y mandarle un beso desesperadamente.

Bueno, ¡ya lo has hecho otra vez!

Has seguido leyendo y ha sucedido lo que has leído. No, claro: no has sido tú quien ha echado a Shippers al mar y tampoco serás tú esta noche el que tirará los cien bidones verdes al Atlántico. Pero esto ha pasado y pasará porque tú lo has leído.

¿Quieres seguir leyendo? ¿De verdad lo quieres?

Yo debo seguir, yo soy el relato. Pero tú no eres yo, piénsalo, lector. Aún estás a tiempo: déjalo. Si tú no lees, sólo son cosas que están escritas en un papel: no existen, no son verdaderas. Pero si tú las lees, pasan. Ésta es la maldición.

No leas más allá de esta línea.

Las primeras señales de que algo andaba mal fueron hace unos once días. Es bien verdad que antes de avisar a la Comisión de Urgencias, el ingeniero responsable hizo lo que era su deber: redujo a la mitad la potencia del reactor. Después vino la inspección, que provocó el documento 7455/RS, inmediatamente transmitido a la Dirección General.

El director, ingeniero Francesco de Sghinopoli, al leerlo, alzó las cejas y llamó al jefe del taller técnico, el ingeniero Pasquali.

—Pasquali, he leído el documento... Resúmame los hechos.

—Es lo que ya sabíamos, señor director —respondió Pasquali, con aquel tono humilde que no lograba borrar de su voz, aun queriendo, cuando hablaba con sus superiores.

—¿Qué es lo que sabíamos, Pasquali? Nosotros sabíamos tantas cosas...

—Me refiero a lo que sabíamos con respecto a la camisa externa del reactor, señor director. Las junturas tres y cuatro, que sin embargo en su informe vienen indicadas como trece y catorce, tienen una mancha de tercer grado... Siempre ha habido una cierta acumulación en ese punto, pero el otro día se hizo evidente la mancha...

—¿Cómo es de grande, Pasquali?

—Es una zona de casi veinte centímetros cuadrados, de una forma extraña... Parece una mariposa. Probablemente...

—¿En todo su espesor? —interrumpió Sghinopoli.

—Sí, parece que sí... En ese punto y con el reactor caliente, es difícil comprobarlo en profundidad. Usted ya sabe que...

—Ya lo sé, Pasquali. ¿Quién más sabe algo de este asunto, aparte de usted, el director del departamento y los de la Comisión de Urgencias?

—Que yo sepa, señor director, nadie más.

—Sería mejor que no trascendiera. Ya sabe usted que fuera están deseando echársenos encima... Los periódicos...

—Ya lo sé, señor director. Aquí estaremos todos callados...

—Ya le llamaré de nuevo, Pasquali.

94

La mancha en forma de mariposa, pequeño defecto de origen, se debía a una imperfección en el acero de la cisterna número tres. Se sabía de siempre, pero las probabilidades de avería funcional eran sólo del 0,003 por mil según los cálculos. Mucho más bajas que las de un terremoto de octava magnitud en la zona: prácticamente nulas. Y, además, cuando se descubrió el defecto, la cisterna estaba ya montada, y su sustitución, aparte del gasto subsiguiente, habría retrasado al menos en tres meses el encendido de los reactores. La Comisión de Idoneidad había dado el visto bueno, recomendando, eso sí, un examen del metal de la cisterna cada dos meses, lo que en realidad se hacía siempre.

La mariposa, durante tres años, había estado quieta, tranquila, casi inexistente, escuchando el burbujeo electrónico que se producía a través de las paredes aislantes: átomos que se rompían, se disociaban, potentes luces secretas. Después, el acero, que no sabía nada de estadísticas ni probabilidades, había empezado a escamarse, lentamente: un átomo, dos, cinco, diez cada vez. Sin prisas. ¿Quién puede contar los átomos?

Mucha prisa tenía, por el contrario, el presidente Spinardi, que debía asistir a una reunión del partido. Advertido de lo que ocurría, le dijo a Sghinopoli:

—Como de costumbre, tengo plena confianza en usted... Claro que las circunstancias... Quiero decir que tenga en cuenta, en el límite de la debida prudencia, el hecho de que dentro de quince días serán las elecciones, y usted ya sabe el alboroto que han armado los antinucleares y que siguen armando... Un fallo, o simplemente la sospecha de un fallo, un tropiezo, en una central nuclear, justamente ahora, usted ya sabe lo que significaría... Ésos se pondrían a bailar de felicidad sobre las mesas del Parlamento. Y temo que la gente, con la poca y mala información que tiene, podría dejarse llevar por sus opiniones a la hora de votar.

—Ya entiendo perfectamente lo que quiere decir, señor presidente —dijo Sghinopoli, que sabía descifrar los discursos de los políticos mucho mejor que las ecuaciones de física.

La mariposa, en la profundidad del acero, ignorante de elecciones y oportunidades, se agitaba lentamente, latía: mil átomos, diez mil, un millón. Los átomos son muchos. ¿Quién los puede contar? Era como si en lugar de una mariposa, fuera un gusano que se agitara, despertando de un letargo de mil años...

Otra mariposa, a pesar de las intenciones de mantener el secreto, iba volando ya de boca en boca y por los oídos de la gente. La Central había reducido la potencia de uno de los reactores a la mitad. La noticia llegó a unos cuantos, que la encontraron realmente interesante. Uno de los temidos periódicos publicó la información en una esquina de la primera página:

En la Central Nuclear de Poffio, uno de los reactores presenta problemas. El tercer reactor ha sido reducido a la mitad de su potencia. Como se sabe, si la reducción se mantiene otros tres días, significa que existen daños graves.

Spinardi, cuando regresó de la reunión del partido, telefoneó a Sghinopoli. Tenía una voz fría.

—Había prometido discreción.

—He hecho todo lo posible, señor. Pero la Central es grande, hay más de cuatrocientos empleados. Y, seguramente, aunque parezca imposible, alguno de los de aquí dentro simpatiza con los antinucleares.

—Ahora ya está armada, Sghinapoli. Busquemos un remedio.

—¿Qué sugiere, señor?

—El técnico es usted. A usted lo han colocado en este puesto, no sólo por su saber científico, sino también por su capacidad, digamos política, para tratar estos asuntos...

—Bueno, pero yo no creo que en estas circunstancias...

—Lo de los tres días, ¿es cierto? Me refiero a lo que pone en los periódicos de esta mañana.

—Bien, sí, es lo habitual. Un período de baja potencia de menos de tres días, llamado Pausa de Fase Uno, es suficiente para los controles ordinarios... Si se alcanzan más de tres días, se entra en la Pausa de Fase Dos, y significa que en el reactor hay anomalías o disfunciones importantes.

—Bueno, director. Es necesario que la pausa del reactor sea de Fase Uno. ¿No cree?

—Ya, pero... Yo creo que una mancha de tercer grado y de estas dimensiones, francamente, necesitaría...

—Dígame, resumiendo: ¿Se trata de algo peligroso? ¿Inmediatamente peligroso?

—Yo... Inmediatamente, quizá no. No diría inmediatamente. Pero ciertamente es necesario profundiz...

—En tiempos normales, todo sería diferente,

Sghinopoli; pero las elecciones penden sobre nuestras cabezas. Oiga, si se vuelve a encender el reactor normalmente, ¿no pasa nada, verdad?

—Bueno, parecería todo bajo control, pero...

—No he acabado. Las elecciones serán dentro de once días. Bastaría encenderlo hasta el día de las votaciones: unos diez días. Después, justo el día de las elecciones, usted lo para y ordena todos los controles necesarios. ¿No le parece una buena solución, Sghinopoli?

—Buena sí, pero yo dudo de...

—No dude de nada. La elección no le atañe a usted. Yo no quisiera hacerlo, créame; pero me veo obligado a recordarle en estas circunstancias, que tanto las necesidades de la Central como su posición personal deben supeditarse a mi carrera política... Los votos son nuestra energía, Sghinopoli: el reactor electoral debe funcionar para nosotros...

—Yo no he dejado nunca de reconocerlo, señor... Es sólo que un reactor... Puesto que...

—Querido Sghinopoli, sólo por espacio de diez días. Después podrá controlar, revisar, sustituir. Y si las cosas, como espero, son satisfactorias en las elecciones... le prometo vía libre también para las demás necesidades de la Central. ¿Entonces, director?

Empezó un silencio. Sghinopoli sudaba y pensaba. La probabilidad de que, aun encendiendo el reactor, no hubiera problemas, al menos enseguida, era verdaderamente grande. Una mancha de tercer grado era solamente una mancha de tercer grado. Vigilando bien los índices de vibración e instalando un par de sensores justo allí al lado, para poder, eventualmente, antes de que...

—Estoy esperando su respuesta, Sghinopoli —dijo Spinardi.

—De acuerdo. Esta noche el reactor volverá a su pleno rendimiento —dijo el director lentamente.

—Una decisión razonable —observó el presidente.

Ocho días después, es decir, dos días antes de las elecciones, es decir hoy, la mariposa del acero se ha despertado, palpitando de manera imprevista. Sus partículas, millares de millares de millones, se han contagiado de una fulminante fragilidad. El duro metal se ha resquebrajado. La camisa que contenía, junto con otros estratos, la fuerza atroz de la escisión atómica, ha cedido en ese punto, y la luz mortal, abriéndose camino a velocidad instantánea, ha salido fuera a las plazas del mundo. Y millares de millares de millones de minúsculas mariposas, rayos venenosos y convulsos, han aleteado en el cielo.

También esta historia se ha acabado.

Y tú todavía estás leyendo. Así, lo que he explicado ha sucedido. Sucede. Está sucediendo.

Quizá no lo creas. Sonríes pensando que ha sido un juego. Una manera de asustarte.

También a mí me gustaría que fuera así.

Pero si quieres, acércate a tu ventana. Ahora puedes ir. El cuento ha terminado. Éste y todos los demás. No hay nada más que leer ni que hacer.

Vete a la ventana, lector. Hay una extraña nube verde, al norte, en el cielo de la ciudad.

Y no es una nube de tempestad.

(Traducción de Rosa Huguet)

99

El Valle de los Cuervos

Klaus Kordon (Alemania)

El camino serpentea monte abajo y en algún lugar se hunde en la niebla del anochecer que cubre el valle. Un valle que el mapa de Axel no señalaba, pero desde la niebla llegan voces; una mujer habla en voz alta y otra contesta.

O sea que allí abajo habita alguien y no es necesario pasar la noche al raso. Axel levanta su mochila y sigue adelante. Con el pensamiento se ve ya ante una posada, con rincones acogedores y una cocina aromática; se ve ante una mesa y un plato con embutidos, queso y pan, y un vino fresco para acompañarlo. ¡Ah, con qué gusto va a comer y a beber y, después, a dejarse caer en un cama limpia y blanda, y dormir, dormir, dormir! Hace días que no ha dormido bien, la humedad del suelo del bosque se sentía a través del saco de dormir y no podía hacer más que dar vueltas hasta el amanecer. ¡Esta noche dormiría!

El camino, que en realidad es sólo un sendero por lo poco que parece utilizarse, se hace cada vez más empinado. Axel tiene que caminar más despacio y sujetarse a los árboles y matorrales para no resbalar. Por fin llega al fondo del valle, avanza con cuidado entre la niebla. Oye gritos roncos, graznidos y crujidos. Parece que los turistas no se acercan mucho por aquí, todavía hay gran variedad de animales; y los crujidos proceden de los árboles, que soportan el peso de la edad.

Axel se detiene y escucha. ¿De dónde vienen las voces? ¿Más hacia la derecha o más hacia la izquierda? Nada, ni un sonido, solamente el crujir de los árboles, los clamores y graznidos de los pájaros. Si al menos supiera en qué dirección debe ir... Axel echa a andar despacio. Bajo sus pies, el suelo es más blando, mullido. Tiene que regresar, si no probablemente termine en una zona pantanosa. Se vuelve, camina hasta que el suelo es otra vez más firme, y sigue a la derecha. Poco después vuelve a notar inseguridad bajo sus pies. Se vuelve una vez más, ahora a la izquierda, camina algunos metros... Y respira aliviado: el sendero se va haciendo más firme, no más blando; es decir, que hay un camino para llegar a las casas del valle.

Mientras tanto ha caído la noche. Axel saca su linterna de la mochila y dirige la luz a los arbustos y hacia delante. Pero no ve nada, la niebla es aún como una pared. Se para de nuevo y escucha, pero no oye nada, excepto los rumores del bosque.

¿Debería quizá abrir su saco de dormir? ¡Quién sabe cuánto tiempo va a tener que andar todavía en plena noche hasta dar con una casa! Pero ¡la cama! ¡Dormir por una vez en una cama de verdad! Aunque no haya en este valle ninguna posada, algún hospedaje habrá para él... Axel decide seguir probando suerte; si en media hora no se ha topado con ninguna casa, abandonará la búsqueda.

Sólo ha dado tres pasos y tiene que pararse otra

vez. Ha oído algo: música, una música de violín, muy suave. ¿Alguien en este valle toca el violín? ¡Buena señal! Empieza a andar más deprisa, tropieza con una raíz que atraviesa el sendero, y se sujeta el pie dolorido.

La música de violín se oye más y más alta, ¡el violinista viene a su encuentro! Axel se oculta con rapidez detrás del árbol con cuya raíz ha tropezado. No porque tenga miedo, sólo por precaución: un hombre que va por el bosque de noche, tocando el violín, tiene que ser un tipo muy particular.

La música sigue acercándose, sólo puede estar a dos o tres metros. Axel enciende la linterna, sale de detrás del árbol y se disculpa por la sorpresa: el «hombre» no es tal hombre, es una chica que viste vaqueros y jersey, y no lleva un violín en la mano, sino un aparato de radio portátil. Axel ilumina la cara de la chica con cuidado. ¡No la ha asustado! Está tan tranquila y hasta sonríe un poco.

—¿Era usted quien llamaba antes? —pregunta Axel, y después le cuenta que ha oído voces y que busca una posada.

—¿Voces? —pregunta la chica sin contestar directamente a la pregunta. Después añade—: Por aquí no hay ninguna posada. Sólo hay tres casas en el valle. Pero seguro que se puede encontrar una cama —y luego echa a andar despacio delante de Axel y le cuenta que está aquí de vacaciones y vive completamente sola en el valle, sin contar a las tres viejas.

—¿Tres viejas? —Axel lo encuentra todo muy raro. ¿Una chica tan joven que pasa las vacaciones en completo aislamiento? Casi tan disparatado como su plan de atravesar a pie la Selva Negra, para vivir por una vez en auténtico contacto con la naturaleza.

—Me gusta estar sola —dice la chica, otra vez con esa sonrisa peculiar. No es que Axel la vea, sólo lo intuye; pero está casi seguro de que la chica sonríe. La chica con el radiocasete tiene que haber adivinado sus pensamientos, si no, ¿cómo iba a responder a su pregunta?

La chica cuenta que vive en casa de su abuela, una mujer vieja que nunca en su vida ha salido de este valle.

—A propósito, ¿cómo se llama el valle? En mi mapa no está señalado.

—Es el Valle de los Cuervos. No viene en ningún mapa. Se han olvidado de él.

—¿Valle de los Cuervos? Suena terrorífico —Axel se ríe—. ¿Tantos cuervos hay aquí?

—No. Quizá hace tiempo. Ahora sólo quedan tres en el valle. Bueno, a veces son cuatro.

¿Cómo puede saber la chica que unas veces son tres y otras son cuatro? ¿Cuenta los cuervos todos los días? Pero Axel no pregunta eso, sólo quiere saber:

—Entonces, ¿cree que encontraré una cama en el Valle de los Cuervos?

—Pues claro —contesta ella—. En la casa vecina siempre hay una cama libre. Naturalmente es una casa muy vieja, en el valle no hay luz eléctrica ni agua corriente, pero eso no le importará a alguien que quiere conocer la naturaleza.

Axel se para como herido por un rayo.

—¿Cómo sabe eso? —pregunta—. ¿Quién se lo ha dicho?

—¿Qué?

—Que yo quiero conocer la naturaleza.

—Pero si lo ha dicho usted mismo, antes, cuando me ha saludado.

No lo ha dicho, está totalmente seguro. Esta chica puede leerle el pensamiento, eso es lo que pasa. Axel empieza a sentirse incómodo, pero la chica sonríe y le tiende la mano.

—Es mejor que nos hablemos de tú. Yo me llamo Anne.

—Y yo Axel. Pero probablemente ya lo sabes —y Axel da la mano a la joven.

Ella no responde a la observación de Axel y continúa guiándole por el valle.

«¡Valiente bruja!», piensa Axel mientras sube la empinada escalera de la buhardilla tras la vieja con la vela temblorosa. La vieja le ha ofrecido una cama, como había prometido Anne, pero la expresión de su cara da claramente a entender que habría preferido que él siguiera su camino.

Las bisagras de la puerta chirrían.

—Bueno, aquí está la cama. Y ahí hay un baúl con mantas y sábanas —la mujer ilumina con la vela uno de los rincones, donde está el baúl, y después la cara de Axel. Le sonríe desde abajo, hace crujir las mandíbulas y se va. Axel enciende su linterna y la coloca encima de la mesa. Había soñado con un vaso de vino y un plato de pan con queso y embutido, y mira lo que tiene ahora: una vieja chiflada, que primero parece hosca y luego sonríe como si maquinara algo; una polvorienta buhardilla y un hambre de lobo. Se libra de la mochila y se arrodilla delante del baúl para sacar la ropa de cama; pero el baúl no se abre.

¿Se engancha la tapa? Axel tira con todas sus fuerzas, pero la tapa no se mueve. ¿Es que la vieja le está tomando el pelo? Abre la puerta furioso, ilumina la escalera y da un paso atrás: ¡allí está todavía la vieja, sentada en mitad de la escalera! ¿Se ha dormido? ¿Qué hace allí?

Axel baja con cuidado los peldaños, que crujen a cada paso. La vieja no se mueve.

—¡Eh! —llama Axel, toca a la vieja en el hombro y se queda aterrado. La vieja o, mejor dicho, lo que parecía una vieja se derrumba: sólo era un cubo, una escoba, bayetas y trapos, colocados en la escalera simulando la figura de una mujer vieja allí sentada. Axel jadea. ¿Alguien quiere jugarle una mala pasada o es que él está chalado? ¡Cómo habrá podido equivocarse así! Salta con cuidado por encima de la escoba y el cubo y sigue bajando la escalera. Llama con los nudillos en la puerta del cuarto de estar de la vieja. ¡Nada! Ni un «adelante», ni nada. Abre la puerta y de nuevo da un salto atrás: en medio de la habitación, la dueña de la casa baila con otra mujer vieja. Las dos mujerucas se mueven de acá para allá a la luz de las velas, se hacen reverencias una a otra y siguen bailando, siempre con el mismo ritmo, pero ¡sin música!

Axel quiere decir que el baúl no se abre, pero no le salen las palabras, no es capaz de interrumpir a las dos viejas tan absortas en el baile. Se vuelve en silencio a su cuarto.

La cama cruje, todo cruje en esa casa. ¿Por qué no se ha quedado en el bosque, por qué tenía que bajar a este dichoso Valle de los Cuervos? ¿Quién le ha mandado pensar en una posada? Y ahora, echado en una cama, sin ropa, sólo con su saco... Por más vueltas que da, no consigue dormirse.

¿Qué pasa? ¿No ha llamado alguien? Sí, lo oye muy claramente: alguien está golpeando la pared de madera que hay junto a su cama. Pero... al otro lado de esa pared no hay ningún cuarto, ninguna casa, detrás de esa pared no hay nada más que aire...

Otra vez llaman. Una, dos, tres veces. Axel se levanta sin hacer ruido. Si quiere atraparle, tiene que sorprender al que llama. ¡Si la tarima no crujiese tanto!

¿Ya ha espantado al que llamaba? No, sigue llamando. Todavía más alto, más impaciente; hay que hacer algo para librarse de él. Axel coge su linterna de la mesa y asoma la cabeza por el tragaluz. Después ilumina el tejado y la pared lateral. ¡Nada!

Baja la cabeza y escucha. Pero ¡llaman! ¿Cómo pueden oírse golpes en una pared, si no hay nada que golpee?

Axel se queda un rato de pie, con la cabeza en el tragaluz, escuchando con la linterna encendida. Por fin se tranquiliza. ¿Qué pueden significar esos golpes? No existen fantasmas, ni duendes. La música de violín era una radio; la mujer en la escalera, enseres de la casa. Así que las inquietantes llamadas tendrán también una causa nada inquietante; probablemente, cuando mañana sepa el motivo, se reirá de sí mismo.

Axel vuelve a la cama, pero no del todo tranquilo, las llamadas no se interrumpen.

—¡Así no se puede dormir! —grita furioso, se levanta otra vez e ilumina el tejado. No se ve nada.

Un escalofrío le recorre la espalda: entre su cama y el aire nocturno no hay nada más que una pared de madera, nadie puede esconderse allí para gastarle una broma, y sin embargo alguien golpea en la pared.

Oye música de violín.

—¡Anne! —llama Axel, y dirige la luz a la casa vecina. ¡Allí está sentada! Sobre el tejado, con el radiocasete en las manos y mirando embobada hacia delante—. ¡Anne! —grita Axel; y una vez más, todavía más alto—: ¡Anne! —pero la chica no le ve ni le oye.

¿Podría ir hasta allí? Primero duda, pero después se decide; al fin y al cabo no puede dormir. Se pone los zapatos, agarra con fuerza la linterna y baja la escalera por segunda vez.

¡Allí está sentada la vieja de nuevo! ¿Es que siempre hay alguien armando la figura con el cubo, la escoba, las bayetas y los trapos? Axel ya va a empujar el montón de cosas, cuando se queda paralizado: esta vez no es un error, realmente hay una vieja sentada allí, una que él no conoce aún. Le sonríe y se pone un dedo en los labios:

—Chisss...

—¿Ha llamado usted? —pregunta Axel en voz alta.

—Chisss —hace la vieja de nuevo, y sacude la cabeza contrariada.

¿Está escuchando algo? ¿La estorba él al hablar? Axel se disculpa, termina de bajar la escalera y abre la puerta de la sala. Las otras dos viejas siguen bailando. Sin música. Giran y se inclinan, debe de ser un baile muy antiguo. Axel cree que ha visto bailes parecidos en películas históricas. ¿Son tan viejas esas dos mujeres?

Durante un rato, Axel se las queda mirando. Después, ya harto, grita como si tuviera que hacerse oír por encima de la música que al parecer perciben las dos mujeres:

—¡Alguien golpea en mi cuarto! ¡Golpean sin parar! ¡No puedo dormir!

La última vez grita tan fuerte, que las mujeres detienen su baile y le miran. Sonríen confusas y se acercan, le cogen cada una de una mano y quieren continuar bailando con él.

—¡No! —ruega Axel, pero no se atreve a apartarlas bruscamente y baila un rato con ellas, muy tieso, sin dejar de mirar sus caras arrebatadas, hasta que por fin se suelta y se precipita a la calle.

¿Está soñando? Vive en el siglo XX, no en la Edad Media. Y aun cuando en este valle se haya detenido el tiempo, tampoco en la Edad Media hubiera sido normal lo que acaba de ver en esa casa.

¡La casa de al lado! Él iba a buscar a Anne. Enciende la linterna y la levanta para iluminar el borde del tejado. Ya no hay nadie allí sentado; es decir, una sombra se ve junto a la chimenea... Axel se acerca a la casa e ilumina aquella sombra.

Es un pájaro, un gran pájaro negro. Tiene que ser uno de los cuatro cuervos de los que hablaba Anne. Apaga la linterna y piensa si debe llamar a la puerta de Anne en mitad de la noche.

¡Batir de alas! El cuervo se eleva en el aire y vuela en círculos por encima de Axel, que trata de seguirle con la linterna, sin conseguirlo.

¿No le ha llamado alguien por su nombre? Otra vez:

—¡Axel!

Sólo puede ser Anne... No, no puede ser Anne; no es una voz de chica, es como un graznido. ¿Acaso es el cuervo?

Una risa alta y chillona llena todo el valle, resuena en las montañas, retumba y parece no acabar. Axel se queda paralizado, y luego vuelve a entrar a toda prisa en la casa donde están las tres mujeres. Es preferible el baile y los murmullos, incluso las llamadas, a esa risa que todo lo inunda.

La casa está silenciosa y a oscuras. ¿No bailan ya las dos mujeres? Axel ilumina la habitación y las ve a las tres sentadas, sin mirarse ni mirarle, sin decir siquiera una sola palabra. Simplemente están ahí sentadas y beben un licor en pequeños vasos negros.

—¡Buenas noches! —dice Axel, y renuncia a preguntar por el cuervo o por las risas. Está seguro de que no recibiría respuesta.

—¡Buenas noches! —contestan a la vez las tres mujeres volviéndose hacia él. Y luego, de repente, sueltan risitas contenidas, como si fueran niñas pequeñas maquinando algo.

Axel está otra vez echado en el saco de dormir. Ha cruzado los brazos bajo la cabeza y espera a la mañana; ya no intenta conciliar el sueño. No podría dormirse, y tampoco quiere hacerlo en este valle, en esta casa. Ha entendido que aquí las cosas no son como deben ser. De otro modo, no puede explicarse lo que ha visto: Anne, que lee los pensamientos y se sienta de noche en el tejado; las llamadas en la pared, las tres mujeres chifladas, el cuervo que habla, las risotadas. Ha ido a meterse en un valle embrujado, por eso su mapa no lo señala. Naturalmente, ayer mismo se hubiese reído de lo que ahora cree a pies juntillas; ayer mismo le habrían parecido cuentos de viejas. Pero esta noche lo ha cambiado todo: él lo ha vivido realmente, no sólo lo ha soñado. No se lo contará a nadie, porque nadie le creería, pero es verdad.

Un revoloteo en el tragaluz. Axel se incorpora. ¿Ya empieza otra vez? El revoloteo está ahora en el cuarto, da vueltas a su alrededor. Axel enciende la linterna, aterrado. No, no es posible: ¡Anne! ¡Está sentada en la mesa!

—¿Cómo... has entrado?

Anne no contesta, sólo sonríe. Axel se pone furioso.

—¿Te ha traído el cuervo, ese espantajo?

—No hables así de Anton —suplica Anne en voz baja—, él te quiere bien.

—¿Bien? ¡No me hagas reír! Ojalá no se me hubiera ocurrido bajar a este valle. Todo está embrujado aquí.

Anne mueve la cabeza con aire de reproche:

—Embrujado no, hechizado.

—¿Y dónde está la diferencia, dime?

—Tú sabes cuál es la diferencia —dice Anne—. Sólo estás enfadado porque no nos entiendes.

—¿Nos? O sea, que no estás de vacaciones. Tú eres una de ellas y un día serás una vieja bruja como las de ahí abajo.

—Las de ahí abajo no son brujas y yo estoy de vacaciones —le contradice Anne—. No te he mentido. Tenías que haberme preguntado de dónde vengo. Si lo hubieras hecho, quizá te habría respondido y ahora no te sorprenderías tanto.

—Entonces dime: ¿de dónde vienes?

—Ahora es demasiado tarde.

—Pero ¿por qué? Dime de dónde vienes.

—Apaga la linterna —ruega Anne.

—¿Para qué?

—¡Por favor, apágala!

Axel apaga la linterna. Oye un revoloteo que se acerca al tragaluz y desaparece en la oscuridad. Axel vuelve a encender la linterna: Anne ha desaparecido, le ha hecho caer en la trampa.

Vuelve a tumbarse, enfadado. ¿De dónde viene entonces la tal Anne? ¿Y cómo es que puede volar? ¿No será que es... Anton, el cuervo? Anton-Anne, suena parecido.

Ella —es decir, él— ¡quiere bien a Axel!

¿Es un signo de simpatía no dejarle dormir en toda la noche? ¿O quiere decir que si ese Anton no le quisiera bien, habría pasado algo mucho peor?

Axel no aguanta más en su saco de dormir, mira otra vez desde el tragaluz, quiere ver si ya apunta el amanecer. Y nuevamente retrocede espantado: en el canalón está sentado el cuervo, que se mantiene firme en el borde exterior sobre sus fuertes patas rematadas en garras y le mira por encima de su gran pico afilado.

«Lárgate», quiere gritar Axel, pero se domina.

—¿Eres Anton? —pregunta amablemente.

El cuervo mueve el pico de un lado a otro.

—¿Eres... también Anne?

El cuervo levanta las alas y vuela hacia Axel.

111

El joven quiere pegar al pájaro con la linterna, pero Anton le da un picotazo en la mano y le obliga a dejarla caer.

—Qué me importa si eres Anne —exclama Axel, y se tapa la cara con las manos para que el cuervo no pueda llegar a ella. Sin embargo, Anton no lo intenta siquiera, ha vuelto a posarse en el canalón y mira pacíficamente a Axel.

—¡Ya basta! ¡Basta de una vez! —Axel enrolla su saco de dormir en la habitación a oscuras y coge su mochila. No esperará hasta que amanezca, se irá ahora mismo.

—Tú eres el culpable de que Anton se haya puesto furioso —dice una voz. Axel da media vuelta: ¡Anne!, y tiene en la mano su linterna...

—Dime ya si eres tú ese pájaro o no —dice Axel irritado.

—¿Crees en los cuentos?

—Claro que no —contesta Axel, aunque ya no está tan seguro.

—¿Por qué preguntas entonces?

—Porque yo... bah, ¡estoy harto de todo esto!

Axel coge la linterna y su equipaje y se apresura a bajar la escalera. Ahora ya no encuentra a ninguna mujer sentada en los peldaños, ni una hecha de cubos, bayetas y escobas, ni una de carne y hueso. Y tampoco hay nadie bailando en la sala. No hay absolutamente nadie. Axel saca su monedero y deja el dinero del alquiler sobre la mesa.

¿No era eso un graznido? Axel recorre las paredes atestadas de anticuados adornos con el haz de luz de la linterna. Durante un tiempo no descubre nada, después ve tres cuervos sobre el ar-

112

mario. Le están mirando y parecen divertirse a su costa.

—¿No queréis bailar? —grita, y busca algo que pueda tirarles. Pero, de repente, Anne está otra vez delante de él, abre los brazos y dice:

—No.

—Además, ¿para qué? De todas maneras estoy seguro de que a las viejas damas les trae sin cuidado.

Axel se precipita fuera de la casa y se queda un momento parado, como cegado: la noche ha pasado y sobre el valle brilla la luz del sol. Los pájaros cantan y una acogedora quietud cae sobre la hierba. Reflexiona y se siente mal. En realidad, nadie le ha hecho nada en esa casa. Si las tres mujeres querían bailar, que lo hicieran; si querían transformarse en cuervos de vez en cuando, que lo hicieran; y si en su casa llaman en las paredes sin que haya nadie que llame, no tiene por qué ser culpa suya. Sólo su miedo ha podido llevarle tan lejos como para reaccionar así.

Quiere regresar, disculparse ante Anne y los tres cuervos, y se da la vuelta. Pero ¿qué es eso? Allí no hay ninguna casa, sólo un viejo granero. Axel mira aturdido el granero. Sin duda, él ha salido de la casa; ¿puede haberse convertido a sus espaldas en un granero, y en tan corto tiempo? Tiene que haber sido así, porque en el borde del tejado se sientan cuatro cuervos y le miran serios desde arriba.

—Perdonad vosotros cuatro —exclama Axel—, siento haberme enfadado tanto.

Los cuatro cuervos no reaccionan.

—¿Quién de vosotros es Anton —pregunta Axel.

¿Ha movido un poco el pico el cuervo de la derecha, o se lo ha imaginado él? Axel no está seguro, pero entonces decide saludar a estos cuervos de un modo especial. Y cuando lo ha hecho, se fija en el radiocasete de Anne, que está precisamente a sus pies. Lo recoge y lo pone en marcha. ¡Música de violines! La misma música que siempre oía Anne...

—Gracias —dice en voz alta, dirigiéndose al borde del tejado. Pero ya no hay nadie que pueda escucharle, ni mujeres, ni cuervos.

(Traducción de Amalia Bermejo
y Félix Marcos Bermejo)

El espejo

Eiko Kadono (Japón)

—¡MAMÁ! ¿Has visto mi sombrero nuevo? —grité mientras bajaba corriendo las escaleras.

—Estuviste probándotelo anoche delante del espejo, ¿no, Ariko?

Miré en la otra habitación, pero tampoco estaba. ¿Dónde podría estar? Si no me daba prisa, perdería el autobús. Tenía que estar allí cuando Hiroshi llegara.

El otro día, al volver del colegio, aprovechando que Hiroshi e Isamu iban delante de mí, me había acercado a ellos lentamente y escuchado a Hiroshi.

—Voy a ir el domingo a la tienda de videojuegos de Machida. ¿Por qué no te vienes, Isamu? Los juegos de segunda mano son realmente baratos, ¿sabes? Venga, acompáñame a cambiar uno —le propuso.

—No, no creo que pueda —dijo Isamu, que parecía triste.

—¿Por qué?

—No tengo dinero —Isamu hizo una mueca para ocultar su vergüenza y salió corriendo—. Puede que en otra ocasión. ¡Luego nos vemos! —se despidió con la mano y desapareció por la esquina.

Hiroshi resopló defraudado y echó a correr.

Y entonces se me ocurrió que *yo* podía ir a la tienda de videojuegos de Machida. Conocía la tienda. Iría y le esperaría en la puerta, y cuando Hiroshi llegara, me haría la sorprendida y fingiría que era una coincidencia. Mi corazón empezó a latir con fuerza al pensarlo.

Hiroshi era el chico más alto de clase. Era guapísimo, con largas pestañas como las de los héroes de los cómics que siempre leíamos. Las chicas lo taladraban con la mirada, especialmente Keiko y Yasuko. En cuanto tenían un momento, se ponían a chismorrear sobre él.

Por supuesto, yo no era una excepción. Hiroshi también me atraía. Decidí que no le diría a nadie que iba a ir a Machida. Poco a poco, iría haciendo amistad con Hiroshi y, en secreto, sin que nadie lo supiera, le tendría sólo para mí. Luego, cuando el secreto se descubriera, todos se sorprenderían. Casi podía oír sus risitas. Casi daba saltos de alegría sólo al pensar en su reacción.

«El domingo —pensé— me pondré mi vestido de lunares rojos y el sombrero blanco que me compró mamá. Me secaré el pelo con el secador para dejarlo suave y con volumen, me queda mejor.»

Así que la noche anterior hice un pequeño ensayo: me puse el sombrero y di vueltas así y así. Mamá tenía una sonrisa de complicidad cuando le dijo a papá:

—Estoy contenta de haber comprado el espejo del recibidor, ahora que tenemos a esta chica tan elegante en casa. Después de todo ya tiene doce años.

—Supongo que sí —dijo papá frunciendo el ceño—, pero yo me llevé un buen susto anoche, cuando abrí la puerta y me encontré cara a cara conmigo mismo.

—¡La verdad sobre papá —dije melodramáticamente— está en el espejo! Quizá lo que te sorprendió fue el reflejo de lo que realmente eres. Debe de haber algo sospechoso en ti —le tomé el pelo—. ¿Y si lo que te sorprende es que el espejo te muestra lo que de verdad eres...? No, es sólo una broma —dije mientras papá me miraba fijamente. Aunque no pude dejar de pensar que tenía razón.

A mamá le brillaban los ojos cuando me regañó:

—Dios mío, Ariko; no deberías hablar así a tu padre —se volvió hacia él—. Querido, estoy segura de que te acostumbrarás al espejo enseguida.

—Bueno, papá —añadí yo—, si no te gusta que el espejo encantado te dé la bienvenida, ven más temprano, cuando mamá y yo estemos despiertas —y volví a admirarme. «Sí», pensé presumiendo, «estoy bastante mona».

Eso había sido la noche anterior. Al día siguiente no veía el sombrero por ninguna parte. ¿Lo habría dejado sobre la cómoda de mi habitación? Empecé a correr escaleras arriba para comprobarlo otra vez, pero algo me detuvo. Era yo, reflejada en el espejo, pero con una especie de sonrisa sarcástica. «Qué extraño», pensé, y luego contuve la respiración. Mi yo en el espejo estaba sujetando el sombrero.

—Oh, ahí está —exclamé, y sin pensarlo alargué la mano. Entonces, de repente, algo cogió mi mano y tiró de mí, haciendo avanzar todo mi cuerpo y luego girándolo y lanzándome a algún lugar.

—Mamá, he encontrado mi sombrero, así que ya me voy.

Era la chica del sombrero la que hablaba y se dirigía hacia la puerta principal.

—¡Espera, espera! —grité, agitando los brazos desesperadamente.

Al mirar hacia atrás, la chica sonrió irónicamente y dijo:

—Perdona por esto —y salió corriendo por la puerta.

Era mi cara, sin duda. Pero... ¿por qué? Yo estaba allí.

La alegre despedida de mi madre resonó abajo en el recibidor.

—¡Hasta luego! Ten cuidado.

No entendía lo que estaba ocurriendo. Pero luego pensé: «Tengo que seguir a esa chica y detenerla».

Me levanté, pero inmediatamente me di contra algún obstáculo. Cada vez que intentaba avanzar, me golpeaba con algo. No podía atravesarlo. Sin embargo, el recibidor y el resto de la casa estaban allí, delante de mí. Podía ver el respaldo del sofá donde nos sentábamos a ver la televisión y, más allá, la entrada. A un lado estaba la cocina, donde mamá estaba lavando los platos.

—¡Mamá, mamá! —grité, golpeando como loca

la barrera con los puños. Pero ella ni siquiera se volvió. Lo intenté de nuevo, esta vez lanzando todo mi peso. Pero reboté y caí. Jadeando, me acurruqué durante un rato.

Mamá se dio la vuelta, se secó las manos con el delantal y vino hacia el espejo. Acercó la cara al cristal.

—¡Mamá, soy yo! ¡Aquí!

Aporreé otra vez el espejo. Pero obviamente mamá no podía verme ni oírme. Se miraba, alisándose una ceja con el dedo índice y moviendo los labios como si estuviera pintándoselos.

De repente, me di cuenta de dónde estaba. *Dentro* del espejo. Debí de haber entrado cuando tiraron de mi brazo hacía un rato. ¡Aunque jamás había oído de nadie que hubiera estado dentro de un espejo! Si de verdad estaba dentro, la chica del sombrero debía de ser quien había tirado de mí. Sin embargo, no había duda de que la cara de esa chica era la mía propia. Si era yo, ¿por qué estaba yo allí? ¿Y quién era aquella chica?

Mamá subió las escaleras canturreando y bajó al momento, vestida para salir. Oí cómo abría la puerta de la casa y cerraba con llave desde fuera. A través de una abertura en las cortinas, pude verla yendo hacia la calle principal. Era domingo. Papá tenía que estar en casa, pensé. No, de repente me acordé: aquella mañana había salido temprano para jugar al golf.

Si había entrado en el espejo, debía de haber una salida. Empecé a tantear la pared invisible que había frente a mí, pero de repente me di cuenta horrorizada de que no podía ver mis propias manos. Levanté los brazos y forcé la vista, pero no pude verlos. Alarmada, miré a mis pies. Eran invisibles. El corazón me latía violentamente y la sangre no me llegaba a la cabeza.

—¡No! ¡No puede ser verdad! ¡Ayudadme! —grité histéricamente, palpando con frenesí las distintas partes de mi cuerpo. Aunque podía sentirlos, mis brazos, mi pecho, no podía verlos. Lo único que veía era una negrura de tinta.

Miré hacia atrás. También estaba negro; una oscuridad total, ni siquiera era capaz de ver mi silueta. Estaba completamente sola y asustada. ¿Me estaba volviendo loca? Al otro lado, la habitación que había fuera del espejo brillaba, pero ni un solo rayo de la luz que allí había entraba al lugar donde yo estaba.

Luego oí el sonido metálico de la llave en la cerradura y que la puerta de la casa se abría.

—¿Cómo hace tanto calor aquí? ¡No lo soporto!

La chica dio un empujón a la puerta y tiró el sombrero sobre una silla. Acto seguido, pulsó el mando a distancia del aire acondicionado. Se quedó frente a la corriente de aire, subiéndose y agitándose la falda para dejar entrar la brisa. No parecía importarle enseñar su ropa interior. Bebió agua en la cocina y vino hacia el espejo, levantando la barbilla intencionadamente.

—Bueno, ¡mira ahora quién está asustada! —exclamó.

—¿Qué? ¡Tú puedes verme! —dije.

—Claro. Ahora que estoy en este lado, puedes verme: tú eres yo misma. Pero si no me acerco, no puedes verte. ¡Está en mis manos decidir si me ves o no!

Probé a levantar mi mano otra vez. Ahora podía ver la palma, que brillaba blanca en la oscuridad. Rápidamente me inspeccioné. Veía mis pies, rodillas y tripa. Con un suspiro de alivio, toqué mis brazos.

—Si quieres ser capaz de verte, tienes que tratarme mejor, ¿sabes? ¡Eh! Escucha, quiero decirte algo. He ido a Machida y me he encontrado con Hiroshi en tu lugar. Todo ha ido muy bien. No te preocupes por nada —hablaba con un tono sarcástico.

—Eso no me importa. ¡Sólo sácame de aquí! —grité revolviéndome.

—¡No te preocupes por nada! —dijo con una mueca retorcida—. Voy a estar aquí fuera por un tiempo. Voy a cambiar toda tu vida. Haré que tu acaramelada vida sea aún más dulce...

—No necesito tu ayuda. Sólo quiero saber qué pasa. ¿Qué estás intentando hacer? Vamos, explícate. ¿Por qué estoy aquí?

—Cogí tu mano a propósito —soltó una risita, enseñando la palma de su mano y moviéndola lentamente—. Eres tan tonta, que no te has dado cuenta de nada, pero cada vez que te mirabas en el espejo, me ignorabas por completo. Sólo veías lo que querías ver, haciendo todo el tiempo el papel de «niña buena», aunque de verdad seas una desvergonzada egocéntrica. Puede que la gente te dé palmaditas en la espalda y te alabe, pero eso me pone enferma. Me horrorizaba cada vez que te veía actuar así. Decidí hacerte la vida imposible durante una temporada en cuanto tuviera la oportunidad.

—Eso no me importa. ¡No tiene ningún sentido! ¡Sácame de aquí ahora mismo!

—Uno de estos días... quizá, alguna vez —dijo arrogante—. Cuando piense que es el momento, te dejaré salir. Así que será mejor que esperes tranquilamente hasta entonces. ¿Y esas lágrimas? Vaya, esto es nuevo, ¿cuándo te he visto llorar antes alguna vez? ¿Crees que puedes hacerme cambiar de idea llorando, jovencita? Si sales o no, es cosa mía. Todo lo que tengo que hacer es coger tu mano.

—Vale, entonces, ¡rápido! ¡Vamos, por favor! —no quería admitir que estaba a su merced, y alargué mi brazo derecho.

—Nunca cogería tu mano ahora, tonta. ¡Acabo de salir! ¡Por fin me he escapado de ti! Así que no voy a darte la mano antes de tiempo —ocultó las manos tras la espalda y se apartó un paso y luego otro, sin dejar de sonreír.

Mamá entró por la puerta principal.

—Oh, Ariko, ya has vuelto. Ha sido una salida corta. ¿No crees que hace calor hoy? —con una inspiración profunda, mamá puso una gran bolsa sobre el sofá—. ¿Te has divertido en Machida?

—No ha sido nada especial —dijo la chica con voz aburrida.

—¿Has comprado algo?

—Nada de particular.

—Eso no me dice mucho. Espero que te haya hecho buen tiempo. ¿Con quién has ido?

La chica no contestó.

—Ariko, te he hecho una pregunta...

—¿Qué importa con quién haya ido? No es asunto tuyo, mamá. ¿Por qué haces tantas preguntas? —la chica no hizo intención de ocultar un bufido de desprecio.

Mamá detuvo el movimiento de su mano hacia la puerta del refrigerador. Se volvió asombrada a mirarla.

—Ariko, cariño, ¿qué te ha ocurrido?

—Sólo he dicho «nada de particular». Ha sido divertido —la chica me lanzó una mirada y, luego, para cambiar de tema, metió la mano en la bolsa que había traído mamá—. ¿Qué has comprado? ¡Guau! Me has comprado esta blusa, ¿no?

La oí rasgar el envoltorio, sacó una blusa azul clara y vino dando brincos hacia el espejo, bamboleándola en el aire por delante de ella.

—¿Qué te parece? ¿A que es bonita? —me dijo en voz baja mientras se la probaba.

Era bonita. Mamá debía de haber comprado la blusa porque sabía que desde hacía mucho tiempo yo quería algo de ese color.

—Enséñamela —dije, extendiendo las manos.

—Aquí —sujetó la blusa cerca del espejo y luego, de repente, la alejó hacia ella—. ¡Oh! ¡No lo hagas! ¡Has estado cerca! —retrocedió rápidamente y se volvió en dirección opuesta.

—Entonces, ¿te gusta? —preguntó mamá.

—Mamá, tú sabes que no me gusta este color. Parece una blusa vieja. Vuelve y cámbiala por algo más llamativo —su tono era petulante, diferente por completo al de hacía un minuto, cuando me la estaba enseñando a mí.

—¿Que no te gusta? —a mamá le cogió por sorpresa.

—Estoy tan aburrida de este color. Todo es azul. Sabes que ya no soy una niña —subió ruidosamente las escaleras y, desde arriba, le tiró la blusa a mamá, que, impresionada y sin habla, no se movió durante un rato.

—Dios mío, ¿qué le ha pasado? —dijo en voz baja, sin dejar de mirarla. Una vez, hablando por teléfono con una amiga, mamá había dicho: «Ariko jamás ha sido un problema. Bueno, coge algún catarro de vez en cuando, pero siempre nos las arreglamos. Mi marido bromea con que parecemos gemelas». Ahora, esa confidencia no servía. Parecía desconcertada por el repentino cambio de su hija.

Mamá empezó a hacer café. Me pregunté qué había hecho para merecer un cambio tan cruel. Los ojos se me llenaron de lágrimas. No había sentido hambre desde por la mañana ni había ido al baño, pero por alguna razón, mis lágrimas seguían saliendo.

Rodeada por la oscuridad, me acurruqué como un bebé, apreté las rodillas y lloré.

—Deberías darte por vencida.

Era una voz horripilante que hablaba en la oscuridad. Era la voz de un chico, distante y muy cercana a la vez.

—¿Quién eres? —sobresaltada, me enderecé y miré a mi alrededor. Pregunté de nuevo, esta vez con mayor insistencia—: ¿Quién es? ¡Contéstame!

—Me llamo Kazuo.

—¿Dónde... dónde estás?

—Aquí mismo, a tu lado.

—¿Dónde? No veo nada.

—No. Soy invisible.

—Pero tú puedes verme, ¿no?

—No.

—¡Oh, no! Hace sólo un minuto podía... —mi voz se apagó al darme cuenta de que mi cuerpo había vuelto a desaparecer.

—Sólo puedes verte cuando ella se pone delante del espejo. Cuando entramos aquí, no tenemos forma... —dijo la voz del chico.

—¿Qué quieres decir con eso de «cuando entramos aquí»? —yo temblaba de la cabeza a los pies—. ¿Quieres decir que tú también estás atrapado en el espejo?

—Sí, sí, pero fue hace mucho tiempo.

—¿Qué quieres decir con mucho tiempo?

—Ahora hará veinticinco años.

—¿Qué? ¿Has dicho veinticinco años? ¡Oh, no! —grité.

—¡Guau! Todavía tienes agallas —Kazuo se reía entre dientes. Sonaba menos horripilante que antes. Su voz era de chico normal, pero inexpresiva, como si leyera en un libro—. En mi caso fue por un examen. Había sacado una nota muy mala, y justo cuando estaba a punto de romperla para que mi madre no pudiera encontrarla, el espejo la cogió. Al lanzarme hacia ella, él me metió dentro.

—¿Era igual que tú?

—Sí, exacto. Excepto que él era un perfecto buen chico.

—¿Y has estado aquí siempre desde entonces? ¡No puede ser! Te lo estás inventando.

—Desearía que no fuera verdad... Pero, desgraciadamente, aún estoy aquí. Era muy atento. Decía que al final me dejaría salir, pero no me tendió la mano ni siquiera una vez. Luego, seis años después, fue arrollado por un tren y murió. Desde entonces he permanecido con la misma edad. No envejezco, no importa el tiempo que pase. Probablemente no me muera jamás. Y ya no tengo oportunidad de cruzar al otro lado. Vaya historia deprimente, ¿eh?

—Pero tenías a tu madre. ¿No te ayudó?

—Habría sido difícil —se rió disimuladamente—. Tenía a mi otro lado cerca de ella. Y además, de repente, él era tan inteligente y tan bueno. Nunca criticaba a nadie, ni se portaba mal. Día tras día, mi madre parecía feliz. Estaba loca de alegría con su hijo. Así que, cuando murió, tenías que haber visto cómo se afligió. Mi padre había muerto y yo ni le recuerdo. Unos tres años después, mi madre volvió a casarse con un compañero de trabajo. Se mudó y dejó este viejo espejo.

—¡Espera un momento! —yo estaba fuera de mí al pensar en lo que eso significaba— ¿Quieres decir que has estado aquí desde entonces?

—Ni siquiera puedo ver a mi madre.

Me volví hacia la casa en la que había estado moviéndome libremente hasta aquella misma mañana. Los rayos del sol de la tarde atravesaban los cristales empañados de la puerta de entrada. Mamá estaba en el fregadero de la cocina y empezaba a preparar la cena. Oía el sonido del agua que corría y a mamá tarareando mientras trabajaba.

—¡Mamá! ¡Mamá! —mis lágrimas seguían saliendo.

—Tienes suerte de poder llorar aún —dijo Kazuo—. Después de un tiempo se hace difícil hablar y se olvidan las palabras.

—¡Oh, no! ¡Yo no! —dije con desesperación—. Voy a salir de aquí. Cueste lo que cueste.

—Bueno, tendrás que suplicárselo a esa chica —dijo Kazuo.

Sequé mis lágrimas con la falda y levanté la cabeza. Había un montón de cosas que quería preguntar a Kazuo.

—Entonces, llegaste a mi casa con este espejo...

—Sí. Pero he estado por todas partes. Después de un tiempo, la persona que compró mi casa vendió el espejo a un anticuario. Lo compraron primero para una boutique, más tarde fue de una actriz y luego pasó a una especie de sabio. Y, luego, a la tienda de antigüedades donde tu madre lo compró. Me mudaba cada vez que la casa era redecorada o reformada.

—¿Y eres el único que queda dentro?

—En realidad hay alguien más. Una chica. La hija del sabio. A propósito, ¿cuántos años tienes?

—Doce.

—Eso pensaba. ¿Sabes?, es realmente extraño. Esa chica también tenía doce años. Y yo.

—¿Y qué le pasó a la chica?

—Le empezaron a pasar cosas raras y luego...

—¿Como qué?

—La chica de fuera empezó a comportarse de forma rara. Dejó de hablar a los demás miembros de la familia y a todo el mundo. Dejó de ir al colegio. Lo único que hacía era sentarse delante del espejo y soñar despierta, pero tenía cuidado de mantener las manos bien lejos. Y entonces una noche cambió, se pintó los labios, se levantó y se fue por ahí. Su madre y su padre se lo prohibieron, pero ella se iba de todos modos y se armaba un follón si intentaban detenerla... Ahora que lo pienso, me acabo de dar cuenta mientras te lo contaba... A todos los que están al otro lado les ocurren cosas extrañas. En mi caso, él fue arrollado por un tren; la hija del sabio enloqueció y esa chica que está en tu lugar también es bastante rara.

—Pero el tuyo era un buen chico, ¿no? ¿No has dicho que era muy inteligente?

—Sí, se parecía a mí, pero era distinto. Era muy listo, y resultaba agradable para mi madre y para todos. Pero un día, cuando vio venir el tren, saltó del andén y empezó a andar hacia él, muy tranquilo y sonriendo. Eso no es normal, ¿sabes? Así que todos dijeron que había sido un suicidio. Puede que hubiera algo que funcionara mal en aquel chico. Eso es lo único que se me ocurre. Y la chica era realmente encantadora, una buena chica, y de repente empezó a comportarse como una loca. Tiró un reloj de mármol a su padre y le hirió...

—Estás de broma —me acordé de las respuestas frías y evasivas que la chica había dado antes a mi madre, la forma en que mostraba su resentimiento. Luego, sentí un escalofrío.

—Entonces, ¿qué le pasa a esa chica? ¿Dónde está?

—Sus padres pensaron que sería mejor cambiarla de colegio. Al final, decidieron que se mudarían a la casa de campo de la madre de ella y se deshicieron de todos los muebles. El día que llevaron el espejo a la tienda, la chica de fuera se mantuvo apartada, sin echar siquiera un vistazo en nuestra dirección, y se fue. La chica de este lado lloró y gritó con todas sus fuerzas, pero no había nada que hacer. Y así volvimos a la tienda de anti- güedades.

—¿Y qué pasó después? Obviamente ella ya no está aquí.

—Bueno, siguió llorando durante unos diez días. Pero poco a poco fue calmándose y, al final, murmuraba: «Me voy. Tengo que ver si hay algo ahí fuera», y desapareció. Intenté detenerla, pero... Me pregunto por qué se fue. Por lo menos aquí podemos ver lo que pasa en el mundo exterior. Ella incluso podría ver a su doble o a su familia algún día. Mi yo ya no está, pero creo que podría ocurrir algo que me liberase del espejo. La ayuda sólo puede venir de ese mundo luminoso, así que estoy esperando mi oportunidad. Después de todo, sigo perteneciendo al mundo exterior —hizo una pausa y luego continuó—: Si te sientas en esta os- curidad, empiezas a pensar que oyes algo. Intén- talo cuando la casa esté tranquila. Desde algún lu- gar muy profundo, suena como si muchas personas estuvieran llamándose los unos a los otros. El so- nido es casi imperceptible. Creo que esa chica que- dó atrapada por ese sonido, y que yo acabaré de- sistiendo y me iré de aquí; he dado ya uno o dos pasos en la oscuridad. Pero tienes que ser muy valiente, ¿sabes? Es negro como boca de lobo. Es terrorífico; podrías desvanecerte en la nada de esa oscuridad. No puedo hacerlo.

—¡No! ¡No! ¡No! —empecé a llorar otra vez, gimoteando muy fuerte— ¡Tengo doce años! ¡Quiero regresar a la luz!

—Te envidio por ser aún capaz de llorar.

—¿Qué? ¿No puedes llorar?

—Tú puedes llorar porque fuera todavía hay personas que quieres, a las que puedes ver y oír. Cuando no tengas a nadie... ¿Sabes?, estoy muy contento de que hayas venido; es como si mi cuerpo entrara en calor otra vez.

Oí su llanto largamente contenido y sus débiles sollozos. La voz de Kazuo era ahora casi normal.

—¡Eh! ¡Eh, tú, la que eres yo! —la voz venía de arriba y levanté la vista.

—Te estás poniendo muy pálida. Es cansado, ¿eh? Bueno, deja que te diga algo. Tienes una larga espera por delante, así que no pierdas el control —movió la cabeza con gesto altivo y se pasó la mano por el pelo.

Yo estaba totalmente agotada. Habían pasado tres días. De vez en cuando, la chica se acercaba al espejo, como acababa de hacer, a molestarme e importunarme. En cada ocasión, ponía en tensión mis nervios mientras esperaba la oportunidad de coger su mano, pero el esfuerzo me dejaba fatigada.

—¿Sabes? Hiroshi viene hoy aquí —me dijo.

—¿Adónde? —no me fiaba de mi oído.

—Aquí, a casa. Le he invitado a tomar el té —dijo tímidamente—. ¿Ves lo lista que soy? Uso la cabeza. ¿Sabes? La diferencia entre tú y yo está aquí y aquí —se señaló primero al corazón y luego a la cabeza.

—Si Keiko o Yasuko lo supieran, ¡anda que no

se sorprenderían! ¡Y pensar que están coladas por él! —se rió.

Sonó el timbre de la puerta.

La chica fue corriendo y abrió. Hiroshi entró. Vi su cara por encima del hombro de ella. Tenía los labios apretados y los ojos brillantes y parecía muy nervioso.

—Oh, entra —dijo la chica.

—No he venido a jugar —explicó Hiroshi—, sólo vengo a poner las cosas en su sitio.

—¿Qué cosas en qué sitio?

—Que no voy a perder más tiempo contigo.

—Vaya, es un bonito final.

—Casi había decidido no venir, pero creo que debes saber lo que pienso de esto...

—¿De qué estás hablando?

—De que no es verdad eso de que intenté robar en la tienda. Dijiste que si no venía aquí, contarías en el colegio la historia de que robé. Pero, ¡es que no lo hice!

—¡Ja! Mientes. ¿No te acuerdas de que nos pusimos de acuerdo para hacerlo juntos? —su cuerpo se tambaleó ligeramente.

Los ojos de Hiroshi echaban chispas.

—¿Cuándo nos hemos «puesto de acuerdo» para hacer algo? Nunca pensé que fueras tan embustera, Ariko —el tono de su voz se elevó—. ¿Cómo puedes hacer una cosa así?

La chica también levantó la voz para contestarle.

—Puedes gritar todo lo que quieras, pero sé que en realidad eres un cobarde.

—¡Ariko! ¿Qué pasa? —dijo mamá desde el piso de arriba.

—Nada, mamá —de repente, la mujer fatal se transformó en la dulce hija—. Hiroshi ha venido de visita.

—Me voy ya —dijo él dándose la vuelta.

—Vale, puedes irte a casa. Pero te veré mañana en el colegio y más vale que estés preparado.

—¿Para qué? —se volvió hacia ella, airado.

—¿Qué es lo que pasa? —mamá bajaba las escaleras—. ¿Estáis discutiendo? Dios mío, ya no sois niños.

Temblando de ira, Hiroshi apeló a mi madre.

—Señora Mori. Ariko ha ido demasiado lejos. No dejaré que siga con esto. Escuche lo que dice. El otro día fui a la tienda de videojuegos de Machida, y mientras pasaba por la caja sonó una alarma. De alguna forma, un juego que no había pagado fue a parar a mi bolsa, y el dependiente me acusó de robo. Pero le digo, señora Mori, que yo no lo hice. ¡No hago esas cosas! Entonces vi a Ariko al otro extremo de la tienda. Como la conocía del colegio y pensaba que era buena, esperé que me ayudaría a salir de ese lío. Pero, entonces, ¿sabe qué hizo? Dijo: «Lo siento. Nos pusimos de acuerdo para hacerlo juntos. Yo también cogí uno», y sacó un juego de su bolsillo. Y luego empezó a llorar y a decir: «Hiroshi me dijo "vamos a hacerlo, vamos a hacerlo", hasta que yo...». Pero escuche, señora Mori, yo no hice absolutamente nada. ¡Cómo puede hacerme tal cosa!

—Hiroshi, ¿cómo puedes mentir así? —la chica seguía gritando—. Tú fuiste quien dijo: «Vamos a hacerlo juntos. Siempre lo hago, así que saldrá bien». ¿Cómo puedes echarme la culpa a mí? ¡Eres un cobarde!

—En el nombre de Dios... —mamá miraba estupefacta, como si se le hubiera helado la cara. También yo, en el espejo, estaba tan sorprendida que pensaba que había dejado de respirar. Decir que Hiroshi había robado. Nunca. Yo sabía que él nunca haría una cosa así.

Hiroshi continuó:

—He estado en esa tienda muchas veces y los dependientes me conocen, así que fueron buenos con nosotros. El jefe dijo: «Supongo que no os pudisteis resistir. Esta vez os dejaremos, pero la próxima llamaremos a la policía». Y después de echarnos la bronca, nos dejaron marchar. Pero hoy en el colegio, Ariko me ha dicho que iba a contárselo a todos. Le he dicho que si lo hacía, también yo les contaría lo de ella. Pero ha dicho: «¡Oh! ¡Yo no hice nada! ¿Vas a mentir otra vez?». Está loca. No crea ni una palabra. Y luego dice que si quiero que la historia no se divulgue, tengo que decir a todos que estoy enamorado de ella y que vengo a visitarla a su casa. ¡Sobre mi cadáver, nunca diré semejante cosa! ¡Todo es una locura!

—Ariko, ¿es verdad eso? —la voz de mamá era temblorosa.

—¿Crees que yo haría algo así, mamá? Hiroshi está mintiendo —dijo la chica, intentando parecer inocente.

—No estoy mintiendo —dijo Hiroshi con firmeza.

—Vale, vale. Entonces, ¿por qué no te vas a tu casa? No hablaré de ti. No diré que eres un ladrón, ¿vale? —lo dijo como si le estuviera haciendo un favor.

—¡No lo hice! —gritó encolerizado de nuevo.

La voz de mamá seguía temblorosa.

—Hiroshi, últimamente Ariko no es la misma. Está enfadada todo el tiempo, y yo estoy bastante preocupada por ella.

—No me pasa nada —dijo la chica con brusquedad.

—Hablaré más tarde de eso con Ariko, Hiroshi, así que ¿te olvidarás de esto por hoy? Ariko, pídele disculpas.

—¡No!

—¡Ariko! —mamá levantó la voz como una advertencia.

—Vale, supongo que esto no se va a acabar. Me voy a casa —parecía más tranquilo mientras se iba.

Casi llorando, mamá se volvió hacia la chica.

—Ariko, ¿qué significa todo esto? No puedo creer que hayas hecho una cosa así. Aunque alguien te animara a hacerlo, nunca hubiera creído que robaras.

—Mamá, ¿así que crees a Hiroshi y no a mí? Es eso, ¿no? Creo que me duele la cabeza. Me voy a la cama —y se dirigió hacia las escaleras.

—¡Espera un minuto, Ariko! —mamá se quedó mirando fijamente a la cara de la chica. Con una mirada penetrante dijo—: ¿Eres de verdad Ariko? Estás actuando como alguien totalmente diferente...

—Soy tu hija, ¿vale? Si me odias tanto, pégame, o incluso mátame. Ocurre a menudo —y subió corriendo las escaleras. Oí el golpetazo de la puerta de mi habitación. Mamá se dejó caer en el sofá, y miró hacia arriba como para retener las lágrimas que se le escapaban. Sentí que se me rompía el corazón. ¿Quién sería aquella chica? Aquella chica que parecía exacta a mí... que me había dicho «tú, la que eres yo». ¿Qué quería decir?

Luego llegó papá. Casi siempre llegaba tarde del trabajo para cenar con nosotras, y era raro que los tres comiéramos juntos. Mamá y la chica estaban en silencio. Papá estaba de buen humor.

—¡Guau! ¡Estofado de vaca! El estofado de mamá es el mejor. Esto merece un poco de vino. ¿Podrías traernos una botella, cariño?

Mirando nerviosamente a la chica, mamá contestó suavemente:

—Buena idea. Ariko, tú que estás más cerca, ¿puedes traer el vino?

—Tráelo tú —contestó la chica con desprecio.

Papá lanzó una mirada de asombro a mamá y luego se volvió hacia ella.

—¿Qué es lo que te pasa? Estamos intentando disfrutar de una comida juntos, para variar, y tú te comportas así. Venga, vamos a tratar de pasarlo bien, ¿vale?

—Has dicho «para variar». ¿No crees que es pedir demasiado dejarnos solas todo el tiempo y luego volver y esperar un trato amable? Sí, hace mucho tiempo que no comemos juntos, así que ¿no crees que podrías ser un poco más humilde? —dijo ella mirándole con rencor.

Los ojos de papá centellearon y sus manos empezaron a temblar.

—¡Cómo te atreves a hablarme así!

—Bueno. Me callaré. Haré todo lo que digas.

Estoy aquí para obedecer tus órdenes. ¿No es así? ¡Es una auténtica pesadilla comer con esta familia! —tiró sus palillos contra la mesa, se levantó y se fue hacia las escaleras.

Papá se levantó detrás de ella, pero se detuvo, y la siguió con la mirada. Aún no se creía lo que acababa de presenciar.

Mamá intentó interceder.

—Ahora, cariño, vamos a calmarnos. ¿Por qué no te sientas? Está en una edad difícil, ya sabes. Y tú no estás completamente libre de culpa.

—¿Qué? ¿Cómo que tengo yo la culpa?

—Bueno, ¿no nos dices siempre que tienes que «trabajar, trabajar y trabajar»? Últimamente nunca tienes tiempo para estar con Ariko. ¿Cuándo ha sido la última vez que has hablado con ella? —la voz de mamá se iba haciendo más acusadora.

—¡Eso es una tontería! ¡Es mi trabajo, para manteneros a las dos! —papá se estaba enfadando.

—Tú siempre dices que es por nuestro bien, pero ¿sabes acaso si es eso lo que deseamos? No creo que haya algo más presuntuoso. Si estar fuera de casa cada noche de la semana, y pasar los fines de semana con tus amigos del trabajo es «por nuestro bien», no tienes que hacer nada más por nosotras. No me extraña que Ariko haya empezado a portarse mal. Hoy en el colegio ha amenazado a un amigo de una forma inconcebible. ¡Es terrible!

—Así que las dos habéis decidido que todo es por mi culpa. Te he dejado todo lo relacionado con la casa, creyendo que serías capaz de manejarte. ¿Me he quejado alguna vez de cómo llevas las cosas? ¿No te he dejado hacer exactamente lo que querías y libertad para usar el dinero que yo ganaba de la forma que tú juzgaras conveniente? ¿Me has consultado antes de comprar nada? Mira ese viejo espejo deprimente. No me importa si es una antigüedad o lo que te imagines que sea, pero no me gusta.

—Bueno, perdona; pero, a propósito, fuiste tú quien dijo que estaría bien tener un espejo en el recibidor. Lo hice por indicación tuya. Oh, no te preocupes, llamaré a la tienda mañana y haré que se lo lleven.

—Haz lo que quieras —papá se levantó ruidosamente, se puso los zapatos y se fue de casa.

¿Cómo habíamos llegado a aquella situación? Desde que aquella chica me había metido en el espejo, algo iba mal entre mi madre y mi padre. Parecía que toda la casa se había vuelto loca. De repente sentí mucho frío. Recordé las palabras de mamá: mañana llamaré y haré que se lleven el espejo. ¡Aquel espejo!

—¡Kazuo! ¡Kazuo! —le llamé asustada, buscando en la oscuridad.

—Estoy aquí mismo —dijo la voz muy cerca de mí.

—Mamá dice que va a devolver el espejo a la tienda.

—Sí, lo he oído.

—¿Dónde nos llevarán? Si me separan de esa chica, nunca saldré de aquí.

—Sí, es verdad...

—¿No hay nada que pueda hacer? ¡Vamos, dímelo!

—Si lo supiera no estaría aquí...

—Pero él murió. No hay nadie que pueda tirar de ti.

—Me gustaría que tuvieras un poco más de respeto por mis sentimientos —Kazuo parecía dolido—. Ahora escucha, no importa cuánto grites o insistas, lo que no se puede hacer, no se puede hacer. La gente toma caminos separados, o muere al final. Ya eres bastante mayor para saberlo.

—¡Oh, no! —me derrumbé llorando.

Entonces oí a mamá hablar por teléfono.

—Perdone la molestia, pero ¿se acuerda del espejo que compré el otro día? Me pregunto si usted estaría dispuesto a aceptar su devolución. Mi marido dice que es demasiado grande. ¿A la mitad de precio? Eso estaría bien. ¿Mañana? Estaré en casa por la tarde. Bien. Le estaré esperando.

Después de colgar, mamá se volvió y miró fijamente al espejo. Estaba ojerosa y con las mejillas hundidas. En pocos días, su cara había sufrido un cambio increíble.

De repente, la chica estaba frente a mí.

—¿Lo sabías? Van a devolver este espejo a la tienda —asentí en silencio—. Me gustaría hacerte el favor de cambiar de lugar, pero tampoco quiero volver ahí dentro —levantó los brazos y se encogió de hombros—. Así es la cosa. Hazte a la idea.

Su actitud me puso furiosa. Sentí que me hervía la sangre, pero intenté controlar mis sentimientos.

—Me pregunto cuál de nosotras tendría que «hacerse a la idea». La familia hecha un lío. Va a dividirse. Mamá y papá no se llevan bien. Y luego estás tú, con el corazón más negro que el demonio. ¿Vas a seguir viviendo así, con todos en una onda distinta, enfrentándoos todo el tiempo? ¡Buena suerte!

—¿«Negro como el demonio», dices? ¡Ja! No seré una niña siempre, ¿sabes? Me las arreglaré bien.

—¡Eso es imposible! ¡Porque tú te has apropiado de todo!

La chica se alejó malhumorada.

—No te las des de lista —trató de reírse de mí, pero de pronto se cara reflejaba temor y perdió malevolencia—. Yo no quería «apropiarme de todo». Sólo quería una oportunidad para escaparme de ti, para descubrir cómo sería sin ti —murmuraba como si hablara consigo misma.

Se hizo de día. Me puse en cuclillas y apoyé la cara sobre mis rodillas, mirando atentamente la casa que estaba frente a mí. Oí el ruido de la bicicleta del repartidor de periódicos. El sol empezó a brillar a través de la ventana de la cocina y poco a poco se extendió por las habitaciones.

Mamá bajó y empezó a hacer el desayuno. Hizo café y huevos fritos. Me di cuenta de que aquellas cosas normales que habían sido parte rutinaria de mi vida pronto dejarían de existir.

Mamá hizo sólo su desayuno y empezó a comer. Papá bajó preparado para ir al trabajo. Se fue sin decir una palabra. Luego bajó la chica.

—Hoy no voy a ir al colegio —dijo.

—Haz lo que quieras —dijo mamá en tono áspero.

—¡Hola! —llamó un hombre desde la puerta—, he venido por el espejo.

—Allí está, si no le importa descolgarlo —dijo mamá.

—Siento que no le guste, señora. Es muy antiguo, pero de primera calidad, el tipo de objeto que no podrá encontrar a menudo.

—Sí, pero mi marido dice que no le gusta, y cuando dice algo no cambia de opinión —le explicó sin sonreír.

El hombre se quedó un momento asombrado, pero luego se dominó. Se descalzó para entrar en la casa y se estiró para descolgar el espejo. Me sujeté y después grité:

—¡Kazuo!

No hubo respuesta. Sólo la enorme silueta del hombre bloqueando mi visión de la casa. Levantó el brazo y empezó a desatornillar el espejo de la pared. Podía oír el ruido de los tornillos al girar. Entonces vi a la chica que miraba. A distancia, pero mirando, sus ojos iban una y otra vez hacia aquel lugar. Estaba mirando, aunque fingía no hacerlo.

Grité con todas mis fuerzas:

—¿De verdad quieres terminar así? —pero se alejó y se ocultó tras la pared. El espejo se movió, el hombre lo quitó de la pared y lo puso en el suelo.

—¡Kazuo! Te dejo, me voy —grité.

Esta vez contestó:

—¡No te vayas! ¡No debes irte! Si te vas, puedes perder tu oportunidad. Esa otra chica nunca volvió. Es mejor quedarse aquí. Nunca sabes quién más puede entrar. Puede ser agradable vivir aquí. ¡Por favor, quédate!

—¡No! No puedo quedarme. Incluso si me quedara, ¿qué tiene esto de bueno? ¿La has visto? Me ha abandonado, ¡como si no significara nada tampoco para ella! Desisto de ella. No me importa cómo, pero tengo que salir de aquí.

Cerré los ojos, respiré profundamente y me hundí en la oscuridad.

—¡No me dejes otra vez solo! —la voz de Kazuo me seguía.

Por un momento pensé que mi cuerpo se había fundido con la oscuridad. Era una oscuridad profunda y aparentemente líquida. Nada se movía. Pero a lo lejos, muy lejos, creí oír algo: voces mezcladas, susurrando y murmurando, que parecían llamarme. Sentía como si me hubiera fundido y estuviera fluyendo hacia aquellos imperceptibles sonidos. «Se acabó», pensé, «voy a ser borrada».

Entonces, poco a poco, sentí moverse algo cerca de mí. Era como una brisa, una ligera corriente de aire, y luego, lejos, muy lejos frente a mí, apareció un diminuto punto de luz. Deprisa, como si reuniera las partes perdidas de mí misma, intenté encontrar mi cuerpo. Podía tocarme. Incluso sentía algo de fuerza. Confiando en el calor de aquella fuerza, luché por abrirme paso en la oscuridad hacia la luz. Estaba decidida a alcanzarla.

El rayo de luz se ensanchaba gradualmente y se hizo más intenso, iluminando ligeramente a mi alrededor. Vi la puerta de nuestra casa, la puerta principal. Estaba abierta. El hombre en mono llevaba el espejo fuera de la casa. Empecé a correr.

—¡Espere! ¿Podría esperar sólo un minuto, señor? —la chica chilló desde dentro de la casa, y luego salió rápidamente por la puerta. Corrí, manteniendo mi mano derecha por delante. Ella venía corriendo, con su mano extendida también. Nues-

141

tras manos se tocaron y agarraron. Volvíamos a estar juntas de nuevo.

—¡Oh, señorita! ¿Qué pasa? ¿Ha olvidado usted algo? —dijo el hombre del espejo.

—¡Oh, no! Nada. Gracias —contestamos ella y yo.

Esa noche mi padre llegó pronto a casa. Abrió la botella de vino y sirvió un poco a mamá.

—¡Es delicioso! —mamá dio un sorbo y respiró profundamente—. Creo que tenías razón. Es mejor no tener un espejo en el recibidor. Tiene algo de opresivo, como si alguien estuviese siempre mirando.

—¿Ves?, eso era lo que yo quería decir. Pero no te preocupes. Uno de estos días te compraré uno mejor —dijo papá como si no hubiese pasado nada.

—Yo no necesito un espejo grande ahí —dije yo—. Con el del baño es suficiente. Toqué la cara de mi madre y luego la de mi padre. No parecía haber cambiado nada. Pero había visto su otro lado. Sabía que seguiría viviendo con aquella madre, aquel padre y aquella chica que era el otro lado de mí misma.

Casi un mes después se me ocurrió pasar por la tienda de antigüedades. Cuando entré, el dependiente me vio.

—¿Vendió usted ya el espejo? —pregunté con el corazón algo agitado.

—Sí. Era un espejo bueno. Le puse un marco nuevo y lo vendí rápidamente. ¿Te gustaba, jovencita?

—No, no. Sólo era curiosidad —me di la vuelta cortésmente y me fui enseguida.

¿Dónde habría ido Kazuo? ¿Se habría ido para siempre a la oscuridad? Dondequiera que estuviese, no podía evitar sentir que estaba justo a mi lado. Kazuo estaría velando por mí de ahora en adelante. Siempre lo creeré así, incluso aunque no pueda verle.

Ahora, siempre que veo un espejo, escondo las manos tras mi espalda. No quiero que me metan dentro otra vez. Pero también es verdad que nunca más volveré a tener doce años.

(Traducción de AMALIA BERMEJO
y FÉLIX MARCOS BERMEJO)

La puerta de marfil
(según una leyenda medieval)

Paul Biegel (Países Bajos)

—No lo puede remediar —dijo la matrona—.
Es por ese trueno ensordecedor.

—Sí, siempre dices lo mismo.

—¡Pero es así! Yo misma estaba allí. En el momento de su nacimiento. Ocurrió justo en aquel momento. Digamos cuando se asomó. Un trueno ensordecedor. Todo el castillo tembló.

—Entonces, precisamente por ese trueno debería haberse convertido en un muchacho asustadizo.

—¡Asustadizo! ¡Bah! —exclamaba entonces la gente.

Porque asustadizo era lo último que se podía decir del muchacho. Era un temerario, que se deslizaba por las barandillas de las escaleras, gritaba «¡Uhh!» en las zonas oscuras, daba portazos, corría por los largos pasillos, subía y bajaba los escalones dando fuertes pisotones, bailaba sobre las camas, se subía a los techos, se zambullía en los estanques... Un muchacho que por las mañanas aparecía en el desayuno con sus dorados rizos peinados, las mejillas sonrojadas y los pantalones impecablemente planchados, y que por las noches estaba tan negro como un escarabajo y tan lleno de desgarraduras, contusiones y chichones que había que meterlo de cabeza en la bañera. Su nombre era príncipe Temrad. Pero lo llamaban el Temerario. Sin embargo, la dama de honor/niñera que lo lavaba todas las noches lo llamaba «¡Pero-hijo!» Era una dama de la nobleza, la baronesa Van Wetering tot Tetering, pero él la llamaba Minny. Y ella se lo permitía puesto que adoraba a su «Pero-hijo».

Una noche, totalmente cubierto de espuma jabonosa, él preguntó de repente:

—Minny, ¿qué es la puerta de marfil?

Tanto se asustó por la pregunta, que se le cayó la esponja de la mano.

—Pero-hijo, ¿cómo se te ocurre preguntarme eso? —preguntó con voz temblorosa.

Él gritó:

—No puedes decírmelo, ¿verdad? Lo de la puerta. ¡Pero existe! Está en alguna parte del sótano, y algo le pasa. Algo horripilante. ¡Y yo lo sé! Voy a buscarla. Voy a abrirla y mirar lo que hay detrás. ¿Un fantasma? ¿Sí?

La baronesa temblaba en el borde de la bañera; el jabón caía por su mano formando pequeñas pompas abigarradas. No sabía qué decir.

—¡Ah, ah, Minny! —exclamó él, salpicándola con sus piernas, que no dejaba de mover—. ¡Ah, ah! ¡Veo que lo sabes! ¡Tienes que contármelo!

Pero no lo hizo, y él se apartó de ella, enfadado, se cubrió la cabeza con las mantas cuando lo llevó a la cama y no quiso que le contara un cuento.

La baronesa Van Wetering tot Tetering lo notificó inmediatamente a su padre, el rey.

—¡Dios mío! —suspiró el rey—. ¿Ya está?

La reina suspiró:

—¡Madre María! Ahora lo hemos perdido.

La puerta de marfil se encontraba en las profundidades del castillo, en el muro del sótano, adonde nadie jamás se dirigía. Nadie sabía lo que había detrás de aquella puerta. Un armario, una habitación, un pasadizo, un abismo, un cocodrilo, un fuego infernal, un pozo de agua negra como un tizón, una trampa con lanzas de hierro en el fondo... Sólo había una cosa segura: quien atravesaba la puerta de marfil, jamás volvía. El hermano del bisabuelo del rey había sido el último de la familia que se había atrevido a dar el paso: jamás se supo nada más de él. Desde entonces la puerta de marfil se mantenía cerrada con un candado de acero cuya llave, también de acero, guardaba el rey. Durante el día colgaba de su cinturón y por la noche reposaba debajo de su almohada.

—Ahora —dijo el rey—, también tendremos que poner un guardián delante de la puerta. Hendrik, encárgate de ello.

Hendrik hizo una profunda reverencia y se marchó para encargarse de que hubiera un guardián delante de la puerta de marfil, detrás de la cual acechaba la perdición.

—Se lo contaremos mañana —dijo el rey.

Después del desayuno llamó al príncipe Temrad para hablar con él en privado. El rey comenzó diciendo:

—Hijo, escúchame.

—Sí, padre, la puerta de marfil —respondió el príncipe—. Voy a buscar hasta que la encuentre y después la voy a atravesar.

146

—No la vas a atravesar —dijo el rey.

—¿Por qué no?

—Porque te lo digo yo.

—Pero ¿qué hay detrás de esa puerta?

—No lo sé, hijo. Nadie lo sabe.

—Entonces, ¿por qué no vamos a echar un vistazo, padre? Si hay un dragón detrás de esa puerta, ya llevará mucho tiempo muerto.

—Los dragones nunca mueren, hijo.

—¡Puafff!

—Haz lo que te digo. ¿Entendido?

El príncipe asintió con la cabeza y se preguntó si aquello podía considerarse una mentira.

Su madre, la reina, sollozaba.

—Por favor, ca... cariño, aléjate del sótano, así no caerás en la tentación. Porque si pasas por la puerta de ma... arfil, mamá jamás volverá a verte y mamá te quiere muchísimo.

—¡Oh! —exclamó el príncipe—. ¿Entonces me darás una chocolatina?

Le daría diez chocolatinas si prometía no ir al sótano.

Lo prometió en voz alta mientras añadía quedamente para sus adentros la palabra «no». Tal vez de aquella manera se pudiera anular una mentira.

La baronesa Van Wetering tot Tetering le amenazó con restregarle los ojos con jabón.

—Si veo que vas al sótano, te llenaré los ojos de jabón en la bañera. Entonces, jamás podrás encontrar esa maldita puerta —dijo.

—¡Je, je, Minny! —exclamó el príncipe, y bailó alrededor de ella con pasos graciosos para que a la baronesa le entrara de nuevo la risa. A continuación, el príncipe cerró los ojos, estiró los brazos y gritó—: ¡Ciego! ¡Ciego! ¡Soy un pobre ciego con jabón en los ojos!

Chocó contra ella, rodeó su cintura con los brazos y arrimó la cabeza contra su pecho porque la adoraba.

—¡Pero-hijo! —exclamó ella. A continuación cogió su cabeza entre las manos y lo miró fijamente.

—¡Ten cuidado! —dijo—. Esto ya no es un juego, hijo. Esto es la muerte.

Sin embargo, él se rió y gritó:

—El dragón está muerto. ¡Y voy a ir de todos modos!

A ella no le mentía. Atravesó corriendo el largo pasillo, gritó «¡Uhh!» en las zonas oscuras, se deslizó por la barandilla, bajó la escalera hacia el sótano dando fuertes pisotones, buscó y encontró el sótano adonde nadie jamás se dirigía, pero donde ahora se encontraba el guardián con su tripa gorda apuntando hacia delante y contra el cual se chocó a toda velocidad.

—¡Alteza! ¡Huy! Disculpadme. No podéis...

—¿Es ésta la puerta de marfil?

—Sí, alteza.

—¿Hay un león detrás de ella? ¿Un dragón? ¿Un fantasma? ¿Un espíritu maligno? ¿Has oído bramidos? ¿Gritos? ¿Llantos?

—Pues no, alteza.

El príncipe contempló la puerta de marfil, que tenía un brillo blanco mate a la luz de dos antorchas, y su temeridad se calmó lentamente.

—Oh —dijo—. Hmmm...

Había monstruos horrorosos ingeniosamente tallados en el marfil y sus sombras se movían a la crepitante luz de las llamas. El príncipe trató de no mostrarse impresionado, se inclinó hacia delante para contemplar mejor las figuras, pero el guardián lo detuvo.

—Por favor, alteza, por favor...

Sin embargo, su alteza adelantó un paso más.

—Está cerrada con llave, ¿no? —exclamó—. Con una llave de acero.

Zarandeó el picaporte.

—¿Ves? ¡No puedo entrar en absoluto!

Puso la oreja contra la puerta, rozando las duras cabezas de los monstruos, pero sólo oía el latido de su propio corazón. Se agachó y miró por el ojo de la cerradura, pero no vio más que oscuridad.

—¡Alteza! ¡Alteza! —El guardián tiró nervioso del brazo del príncipe—. No puedo permitir esto.

—No se lo diré a nadie, ¿sabes? —dijo el príncipe. A continuación, aporreó con su puño el marfil y gritó—: ¡Ya veréis!

El vigilante consiguió por fin alejarle a rastras.

—¡Mañana volveré! —exclamó el Temerario, subió corriendo todas las escaleras, trepó al techo más alto y gritó—: ¡Hay un dragón detrás de la puerta! ¡Y un león y un espíritu maligno y un brujo! ¡Los he oído bramar!

Después, bajó de un golpe todas las escaleras deslizándose por las barandillas, entró corriendo en el jardín y se zambulló en el estanque hasta que estuvo tan negro como un escarabajo.

La baronesa Van Wetering tot Tetering no dijo nada cuando aquella noche lo lavó con la esponja en la bañera, sólo lo miró con ojos de reproche y, cuando le dio las buenas noches, su voz sonaba afónica.

El príncipe no consiguió conciliar el sueño. No dejaba de dar vueltas en la cama y, cuando lograba cerrar los ojos, veía la oscilante luz de las antorchas que iluminaba la puerta de marfil y daba vida a las figuras talladas. Un león espantoso con el hocico abierto de par en par, una serpiente con la cabeza levantada de manera amenazadora, un cocodrilo repugnante..., todos intentaron agarrarlo, lo consiguieron y lo arrastraron más allá del umbral de la puerta, que de repente se encontraba abierta. Cayó en un vacío negro sin paredes y sin fondo. Cayó, cayó y cayó, y se despertó dando un grito. Sabía que no había sido un sueño sino una visión de la realidad.

«Jamás volveré allí», pensó.

Y no lo hizo. Durante muchos años. A medida que fue creciendo, la puerta de marfil se desvaneció de sus pensamientos, así como el miedo y la necesidad de vigilar. Ya no hacía falta el guardián, y la llave de acero se encontraba en alguna parte. El príncipe Temrad tuvo que estudiar mucho y por las noches él mismo se lavaba con la esponja en la bañera. Sin embargo, aún lo llamaban el Temerario, porque de vez en cuando bajaba las escaleras deslizándose por las barandillas o se subía al techo y gritaba «¡Oye, Minny!» cuando veía a la baronesa Van Wetering tot Tetering sentada abajo en el césped. Entonces, ella levantaba el dedo entre risas y exclamaba: «¡Pero-hijo!».

Sin embargo, un día su madre, la reina, se puso

enferma. Estaba acostada en su cama cubierta de almohadones cuando el príncipe le llevó una rosa.

—¡Qué mayor te estás haciendo! —dijo ella con voz endeble—. Eres casi tan alto como tu padre.

Él miró el retrato de su padre que colgaba en la pared y desde allí su mirada derivó hacia la mesa que había debajo del retrato. Estaba cubierta de tazas, vasos, fuentes de estaño, rollos de pergamino, un pañuelo arrugado, una pera, un rosario y una llave.

¡Una llave! ¡La llave de acero! Era como si una chispa relampagueante hubiera salido de la llave y le hubiera alcanzado en el alma. Se levantó de un salto, se contuvo inmediatamente y después se dirigió con pasos lentos, pero con el corazón latiéndole a gran velocidad, hacia la mesa, mientras fingía que quería contemplar de cerca el cuadro.

—En aquel entonces, tu padre, el rey, aún era joven —dijo la reina desde su cama.

—Sí —respondió el príncipe con voz afónica, y su mano temblorosa cogió, sin que su madre pudiera verlo, la llave de la mesa.

—Pero aún se parece —añadió él.

Cuando se encontró de nuevo junto a la cama, besó a su madre con labios temblorosos para darle las buenas noches y se dirigió hacia la puerta. Sin embargo, cuando la abrió, se topó con la baronesa Van Wetering tot Tetering, que en aquel preciso momento iba a entrar en el dormitorio. Aquello le hizo sobresaltarse.

—Minny... —dijo—, yo...

La llave le ardía en la mano, la escondió detrás de la espalda. Por su voz afónica ella notó que algo pasaba, y por su actitud vio que escondía algo.

—¡Pero-hijo!

Lo dijo sin reírse; lo miró fijamente y movió despacio la cabeza.

El príncipe se refugió en su dormitorio y se sentó jadeando. «¿Por qué soy tan asustadizo?», pensó. «¿Por qué estoy tan exaltado? ¿Por qué a escondidas? ¿La puerta de marfil? No es más que una intimidación de antaño para chiquillos que lo tocan todo. Ni siquiera merece la pena ir a ver... ¿Ah, no?», continuó pensando. «Al fin y al cabo, no tendrían por qué utilizar un candado de acero contra pequeños temerarios, ¿no? ¿Y poner un guardián? Esa puerta tiene que tener algo ¿no?» No dejó de pensar, desde «A por ello y a desenmascarar el asunto» hasta «No lo hagas, no lo hagas, allí te espera la muerte», y se imaginó los esqueletos de aquellos que en el pasado habían traspasado la puerta de marfil y habían perdido la vida en un pozo profundo, en un laberinto interminable o en una ciénaga con arenas movedizas, y aún se encontraban allí, con sus pálidos huesos en posturas contraídas. O quizá hubiera un nido de hormigas voraces, con el que se tropezaría en la oscuridad y donde inmediatamente después se le echarían encima miles de animalillos cosquilleantes que le roerían todo el cuerpo con miles de pequeños mordiscos. ¡Tonterías! Él no se iba a dejar pillar! Se llevaría una buena lámpara, con aceite para tres horas y una mecha nueva, así como una antorcha, y con todo eso iría a mirar. Simplemente a mirar con calma.

Y eso fue lo que hizo. Fue a mirar. Se acercó con la osadía del temerario que se subía a los techos, se deslizaba por las barandillas, se zambullía en los estanques y gritaba «¡Uhh!» en las zonas oscuras.

La baronesa Van Wetering tot Tetering se despertó de golpe. Había tenido un sueño. ¿Qué había soñado? Algo desagradable, algo muy... ¡Oh Dios mío, su Pero-hijo! Había soñado que se encontraba delante de la puerta de marfil, con una lámpara de aceite en una mano y una antorcha crepitante en la otra. Estaba medio inclinado hacia delante, miraba las figuras talladas en el marfil de la puerta, y le horrorizaba lo que veía; tenía la frente cubierta de sudor y temblaba por todo el cuerpo. En ese momento, agarró con los dientes el mango de la antorcha encendida y sacó con la mano libre algo de debajo de su ropa: ¡una llave! ¡La llave de acero de la puerta! Y con cierta vacilación, la metió en la cerradura y la giró haciendo un ruido chirriante.

¿Había soñado todo eso? ¿Lo estaba soñando? O...

La baronesa reprimió un grito, se levantó de la cama de un salto, agarró la lamparilla, atravesó el pasillo corriendo, medio a tientas con aquella mecha que ardía tenuemente, y bajó las escaleras a toda velocidad mientras ondeaban por detrás de ella su cabello suelto y los lazos de su camisón. Junto a la puerta del sótano vio luz y, mientras gritaba «¡No!», se precipitó hacia abajo por la escalera de piedra.

—¡Pero-hijo! ¡No! ¡No lo hagas!

Sin embargo, el príncipe ya había abierto la puerta. El sueño de la baronesa, tal y como pudo comprobar, se había hecho realidad. Allí estaba, a punto de retroceder y mirando a un oscuro vacío. Sin embargo, el hecho de tenerla tan cerca hizo que dentro de él predominara otra vez su parte temeraria, e impulsado por la sensación de «lo hago de todos modos» cruzó el umbral.

¡Brum! El estruendo con el que la puerta de marfil se cerró detrás de él fue verdaderamente funesto. La baronesa se abalanzó sobre la puerta y comenzó a aporrear con impotencia el marfil, hiriéndose las manos con las bocas abiertas de par en par de los monstruos tallados en ella.

—¡Hijo! —sollozó—. ¡Hijo, hijo mío, pero hijo mío...!

Aquella misma noche, la noticia se difundió como un reguero de pólvora por todo el castillo. La baronesa despertó al rey, la reina enferma lo oyó. Las damas de honor, los cocineros, las criadas e incluso el último mozo y el jardinero más joven, todos se enteraron. Y ese jardinero más joven fue corriendo a la posada del pueblo para contarlo. A la mañana siguiente todo el mundo lo sabía: el joven príncipe, el Temerario, que en realidad se llamaba Temrad, había atravesado la puerta de marfil. Todo el mundo comprendía lo que eso significaba: jamás volverían a verlo. Jamás, nunca jamás.

Era terrible para el rey. Era terrible para la reina. Era terrible para la baronesa, para todo el mundo en la corte, para todo el mundo en el país, puesto que el Temerario era muy querido. La gente decía: «Está en el fondo del pozo sin fin. Agonizando».

Aquella misma mañana, todas las banderas del país ondearon a media asta y el castillo quedó envuelto en luto riguroso.

Al príncipe se le había escurrido la lámpara de aceite de la mano cuando la puerta de marfil se cerró de golpe detrás de él. Sólo quedaba la luz de la antorcha, que daba pequeños brincos sobre los muros descoloridos de piedra: el inicio de un pasadizo subterráneo que se desvanecía en un agujero negro. Estaba inmóvil con la antorcha muy levantada. Oyó cómo los llantos de la baronesa se iban extinguiendo detrás de la puerta y ya no le llegaba ningún ruido, excepto el latido de su propio corazón. No oyó ninguna pisada, ningún estertor ni suspiro ni gruñido, ni tampoco ningún chirrido, nada excepto el zumbido de sus propios oídos. Reinaba un silencio de muerte. Sólo las telarañas a lo largo de los muros y en el techo se mecían movidas por la corriente, dibujando sombras que bailaban de manera estremecedora.

Palpando cuidadosamente con el pie, dio un paso hacia delante, y otro, y otro. No cambió nada: el agujero negro delante de él, los muros a su alrededor, la crepitante luz en su mano, todo seguía igual, con la misma inseguridad y el mismo peligro al acecho. Su mano libre tocó las paredes: piedra fría, húmeda y dura. ¿Cuántos años? ¿Quién las habría levantado y con qué finalidad?

Mantuvo la antorcha lo más lejos posible de su cuerpo, pero la oscuridad no se disipaba ni un ápice. Dio cautelosamente otros diez pasos: ningún cambio. Un suelo arenoso, muros parduscos, telarañas que caían, un silencio de muerte...

¿Gritaría? ¿Haría algún ruido?

¡No!

Otros diez pasos cautelosos, pero al dar el sexto, el muro izquierdo dejó de existir de repente y se convirtió en un agujero negro. ¿Un pasadizo lateral? ¿Un nicho? El Temerario que siempre había gritado «¡Uhh!» con tanta valentía se encogió de miedo y no se movió. ¿Había alguien allí esperándole? ¿Un hombre? ¿Un fantasma? ¿Un monstruo con zarpas que lo agarrarían y lo arrastrarían hacia la insondable profundidad?

Con el cuerpo tembloroso, avanzó un pie sobre la arena, que crujió. Luego, se decidió a doblar la esquina extendiendo lo más posible el brazo que sujetaba la crepitante antorcha. Cuando finalmente se atrevió a mirar, su respiración entrecortada se serenó: no había nadie. Era un nicho con un banco de piedra.

¡Un banco! ¿Acaso sus antecesores se habían sentado sobre él? ¿Reyes de tiempos muy lejanos, príncipes, sirvientes, su tío abuelo, todos aquellos que, al igual que él, se habían atrevido a dar el terrible paso por la puerta de marfil y que jamás habían vuelto? ¿Que más adelante se habían caído en el pozo sin fondo y que aún se encontraban allí, esqueleto sobre esqueleto? Se acercó al banco, palpó con la mano el asiento de piedra, quiso sentarse, pero se levantó de nuevo con un sobresalto al pensar que quizá era una trampa. Un banco que se hundía en cuanto el peso de un ser humano lo oprimía...

«A mí no me pillarán tan fácilmente», pensó, y dentro de él entró de nuevo en acción la figura del Temerario. Con paso algo más firme, siguió caminando por el pasadizo oscuro y, al llegar al siguiente nicho, gritó: «¡Uhh!». Esto produjo un eco aterrador, que se prolongó durante mucho tiempo y se extinguió por fin en la lejanía. ¿Qué le esperaba allí? ¿Un tipo que se mantenía inmóvil y en silencio?

¡Quia! Siguió andando como si nada pero con cuidado, moviendo de un lado a otro la antorcha para iluminar bien todas las zonas. Así iba mejor. Caminó con mayor firmeza, pero las antorchas no arden eternamente; se dio cuenta de ello cuando la llama comenzó a oscilar. «¡Qué estúpido!», pensó, «¡qué estúpido! Tenía que haber cogido esa lámpara de aceite y habérmela traído. Podría haberla encendido con este poquito de fuego que queda. ¡Oh, qué estúpido!».

Echó a correr despacio para llegar lo más lejos posible antes de que le envolviera la completa oscuridad. Sin embargo, aquélla era naturalmente una estupidez aún mayor porque así se caería repentinamente en el pozo, la trampa, el cepo, la boca, la lanza puntiaguda, las hormigas voraces, el recipiente de ácido clorhídrico, la ciénaga o el abrazo del fantasma negro. Y esto último fue lo que ocurrió cuando se apagó la antorcha. Todo estaba tan oscuro, tan terriblemente oscuro, tan absolutamente negro a su alrededor, que no había diferencia entre abrir y cerrar los ojos. Incluso el aire que respiraba era negro. Tanteó a su alrededor hasta que topó contra el muro para tener al menos donde agarrarse.

Pasito a pasito siguió andando a trompicones, diez pasos, veinte, treinta, treinta y u... En ése momento tropezó con algo que se encontraba en el suelo y casi se cayó. Lo palpó. ¿Unas ramas? ¿Qué había allí? ¿Qué era aquello?

¡Huesos! ¡Un esqueleto! ¡Qué asco! Un esqueleto que había crujido al pisarlo, de uno de los temerarios que le habían precedido, de hacía cien o doscientos años. Había agonizado allí. ¡Qué asco! ¿Y cuál había sido la causa de su agonía?

Escuchó con mucha atención, contuvo la respiración...

Pero no podía seguir inmóvil para siempre. Se puso de nuevo a andar arrastrando cautelosamente los pies, levantándolos mucho y posándolos con cuidado para notar si el suelo permanecía firme, mientras rozaba con la mano el rugoso muro de piedra. Hasta que éste llegó a su fin y se encontró en el vacío. ¿Otro nicho? ¿Un metro por delante del abismo? ¿Medio metro por delante del cepo con afiladas lanzas de hierro? ¿El esqueleto había quedado atrapado en un cepo? ¡No se le había ocurrido comprobarlo!

De repente, comenzó a temblar de manera incontrolada. Por todo el cuerpo. Incluso comenzó a respirar de manera entrecortada, emitiendo pequeños chillidos similares a los de un ratón en peligro.

—¡Dios mío! —rezó—. ¡Dios mío! ¿Por qué he hecho esto? ¡Dios mío, sácame de aquí!

Sin embargo, nadie, eso era al menos lo que le habían contado, nadie había salido jamás de allí con vida. Ni siquiera muerto...

«Tenía que haber cogido uno de esos huesos»,

pensó, «un trozo de fémur de ese esqueleto. Como arma. Y para tantear el suelo que hay delante de mis pies, y el muro. ¡Estúpido!».

¿Debería volver?

Pero no se atrevió.

—¡Dios mío, sácame de aquí! —rezó una vez más.

Palpó hacia atrás, hacia el muro que había perdido, retrocedió un paso, y otro, pero ya no lo encontró. Sin tener donde agarrarse, sin punto de referencia, siguió caminando a trompicones y titubeando. Se puso a gatas para poder palpar mejor y tener mayor equilibrio, y con la cabeza topó contra algo de piedra.

—¡Ay! ¡Maldita sea!

Era un muro. Un punto de referencia. Como un perro huidizo, avanzó a gatas a lo largo del muro, sus hombros rozaban las piedras, y se obligaba a sí mismo a parar una y otra vez para escuchar. Sin embargo, no oyó nada, la negra oscuridad también estaba dentro de sus oídos, no había nada en absoluto.

«¿Puede ser que no haya nada en absoluto?», pensó de repente. «¿Que aquí te mueras de hambre y sed? ¿O que te mueras a causa de tu propio miedo? ¿O por nada? ¿O es que escucho por allí un crujido? ¿Ya estoy cerca del hormiguero?» Horrorizado, retrocedió unos pasos y escuchó atentamente. No oyó nada. Entonces, ¿no había hormigas o había decenas de miles de hormigas que se mantenían inmóviles, con sus agresivas mandíbulas abiertas de par en par y listas para abalanzarse sobre él?

Escarbó, recogió un poco de arena del suelo y

la lanzó hacia delante. No ocurrió nada y siguió andando a gatas, una mano tras otra, una rodilla tras otra, palpando, temblando, estremeciéndose, hasta que se derrumbó y ya no se enteró de nada y ya no quiso nada.

¿Transcurre el tiempo en la oscuridad absoluta? ¿O se detiene? No se puede decir cuánto tiempo estuvo allí tumbado el príncipe Temrad, pero llegó un momento en que abrió de nuevo los ojos y creyó ver un punto menos oscuro en la total oscuridad. ¿Había algo allí? ¿Había realmente en la oscuridad un punto que era menos oscuro? ¿O acaso su imaginación le estaba jugando una mala pasada?

Con un tremendo esfuerzo consiguió incorporarse, apoyarse sobre las manos y las rodillas y seguir caminando a gatas. Y, de repente, supo con certeza que no eran imaginaciones suyas, que más adelante había real y verdaderamente un poco de luz. Un punto de luz. ¿Para atraerlo? ¿Acaso lo estaban esperando allí con navajas, espadas y atizadores incandescentes? O...

Respiró por la nariz. El aire olía diferente, menos enrarecido, le recordó el aire fresco del exterior. ¿No sería...? El príncipe ya no pudo contenerse. Como una fiera siguió caminando a gatas, cada vez más rápido. Luego se incorporó y avanzó corriendo con sus dos piernas, sacudiéndose todo el miedo y el peligro, inhalando aire fresco, parpadeando a causa de la luz... Soltó un grito y se abalanzó hacia fuera, hacia el verdor de hojas, ramas, ortigas, espinas y raíces duras con las que tropezaba y que le hacían caerse de bruces. Permaneció tumbado, jadeando y sudando, con la nariz metida en la tierra pegajosa y con el azul de una mañana de verano encima de su cabeza.

Su alivio era tan grande que no notaba los rasguños, los chichones ni las desolladuras de sus manos y su cara, y ya no le importaban en absoluto los rasgones y sietes en su ropa principesca. «¡Dios mío!», pensó finalmente, «¡qué tomadura de pelo! Es un pasadizo de escape, un pasadizo de escape normal y corriente, construido hace cien años. O doscientos. O trescientos. ¡Para fugarse en caso de asedio!».

Comenzó lentamente a desprenderse de las ortigas, las espinas de las zarzas y las ramas cimbreantes en las que se había quedado enganchado, mientras espantaba tábanos, avispas, hormigas y arañas. No le importó rasgarse más la ropa y arañarse la piel. «¡Ya veréis!», pensó.

—¡Ya veréis! —gritó a la resplandeciente mañana de verano, a la hierba ondulante y a las alondras que cantaban—. ¡Ya veréis! ¡Os vais a enterar! —y con las manos en la boca, gritó—: ¡Aquí estoy! ¡¡¡Estoy vivo!!!

«El príncipe está muerto. ¿Te has enterado? El Temerario está muerto. Ha atravesado la puerta de marfil.»

Todo el mundo se había enterado ya. Luto en todo el país, pero el trabajo continuaba: los campesinos iban al campo para ordeñar los animales a primera hora de la mañana y, más tarde, arrancar las primeras patatas. Avanzaban a gatas sobre

161

la arena con un trapo de cuero alrededor de las rodillas; de aquella manera escarbaban en la tierra y sacaban una patata enorme tras otra.

—¡Oigan! ¡Oigan! ¡Oigan! ¡Aldeanos! —gritó alguien de repente.

¿Quién era aquel ser escandaloso? Los campesinos levantaron la mirada de su trabajo: en el sendero había un pordiosero que utilizaba un lenguaje extraño.

—¿Qué quieres?

—¿Lo que quiero? —fue la respuesta asombrada—. ¿No ven quién soy?

Los campesinos miraron al pordiosero con recelo y movieron la cabeza. No.

—¡Pero bueno! ¡Soy el príncipe! ¡Temrad! ¡El príncipe Temrad! Yo...

Los campesinos se volvieron los unos hacia los otros, se miraron y se incorporaron lentamente y de manera amenazadora.

—¿Qué has dicho?

—¡Yo..., yo soy el príncipe, hombre! ¡Mire! Lo de la puerta de marfil...

No le dejaron terminar. Se dirigieron apresuradamente hacia él.

—¡Dilo otra vez si te atreves!

Uno de los campesinos le dio un empujón.

—¡No es una broma que nos guste! Sobre un muerto. ¿Lo comprendes?

Los demás lo retuvieron.

—¡Déjalo, Krelis! ¡Ese tipo está loco! ¡Acaba de salir del manicomio! ¿No lo ves?

—¿Loco? —gritó Temrad—. ¿Yo, loco? ¡Esto es el colmo! Yo soy...

—¡No nos cuentes historias y vete al diablo! ¡Vamos, lárgate!

Le tiraron patatas: una bien atinada le alcanzó dolorosamente en la nariz y comenzó a sangrar. Se alejó corriendo y con lágrimas en los ojos.

—¡Para que aprendas! —dijo Krelis.

—Es un chiflado. Está mal de la cabeza.

—Aun así es triste. Dárselas de príncipe. ¿Cómo se le ocurre una cosa así a ese chiflado? Jugar con la desgracia...

Temrad se había alejado a trompicones, apretándose la nariz con el pulgar y el índice para parar la hemorragia. A lo lejos las torres de su castillo sobresalían por encima de los árboles. «Me adecentaré un poco antes de llegar a casa», pensó. «¡Qué estúpido por mi parte no darme cuenta de mi aspecto tan maltrecho!»

Más adelante había una posada. Allí se lavó la cara y las manos en la aguatocha situada en el exterior. Su nariz estaba hinchada y su ropa llena de rasgones y manchas. La arregló en la medida de lo posible y, a continuación, entró en la posada con grandes esperanzas.

—¡Buenos días! —exclamó en voz alta.

No había ningún cliente.

La posadera, que se encontraba detrás de la barra, se burló inmediatamente de él imitando con un tono exageradamente formal su principesco modo de hablar.

—¡Buenos días, señor!

—¿Usted no ve quién soy? —preguntó él.

—Sí —respondió la posadera—. Un salteador de caminos que se hace pasar por predicador.

El príncipe se puso rojo de rabia.

—Pero no ve que...

—¡Venga, hombre! —dijo la posadera riendo—. ¡No te hagas el interesante! ¡Déjate ya de payasadas!

—Yo... yo...

Casi reventó de ira.

—¡Pero, yo soy el príncipe! —exclamó por fin—. El príncipe Temrad, y yo...

—¿Ah, sí? —dijo ella—. Bueno, entonces yo soy la reina Christina. ¡Encantada!

Le extendió la mano, enrojecida a causa del continuo contacto con el agua.

Él retrocedió.

—¿No me cree?

—¡Claro que sí! —exclamó ella—. Eso está a la vista, ¿no?

El príncipe se encogió ante la mirada con la que ella contemplaba su nariz hinchada, su camisa maltrecha y las rasgaduras de sus pantalones.

—¡Un príncipe de verdad! —dijo la posadera—. ¿Qué has dicho? ¿Temrad? ¿Te refieres al Temerario? ¿El Temerario que ha atravesado la puerta...?

Se le entrecortó la voz, lo observó de nuevo minuciosamente, sacudió la cabeza y dijo:

—¡A mí no me engañas, hombre! ¡A mí...!

—¡Pero soy yo! —gritó él—. Esa historia de la puerta es una tontería. No hay más que un largo pasadizo detrás de la puerta, para escapar. Y ese pasadizo desemboca en unos arbustos y por eso...

—¡Sí, sí! —gritó ella por encima de la voz de él—. ¡Te lo has inventado! Al enterarte de lo del Temerario, has pensado: «Me hago pasar por el príncipe y ocuparé su lugar. ¡Me ensucio un poco para que no me reconozcan, me doy en las narices contra algo, me invento ese pasadizo subterráneo y de ahora en adelante tendré una buena vida en el castillo!».

Temrad había retrocedido, pero se vio de nuevo empujado hacia delante por unos hombres que entraban en la posada.

—¡Buenoss díass!

—¡Buenoss díass! —respondió la posadera—. Por favor, un poco de cuidado con él: es el príncipe.

—¿El príncipe? —preguntaron los hombres.

Miraron a Temrad y mostraron su desprecio.

—Sí, eso está a la vista —dijo uno de ellos—. Recién resucitado.

Los hombres no se atrevieron a reír abiertamente pero sí lo hicieron por lo bajo, y eso enfadó a la posadera. No quería que se bromeara con un muerto.

—Ya es bastante grave que se haga pasar por el príncipe.

—¡Pero lo soy! —comenzó diciendo Temrad con la voz quebrada por la indignación—. ¡Maldita sea, yo soy Temrad y...!

—¡Escúchale! ¡También maldice como un príncipe! —exclamó uno de los hombres, y todos se rieron a carcajadas.

La puerta volvió a abrirse y entró más gente, alborotando y dando patadas para sacudir la arena de sus botas.

—¡Es increíble! —comentaban—. ¡Que no se lo hayan impedido! Es incomprensible.

—Tenían que haber construido un muro en esa puerta hace mucho tiempo.

La posadera gritó:

—¿Estáis hablando del príncipe? ¿Queréis que os diga una cosa? Allí está. ¡Allí!

Con uno de sus dedos gruesos y rojos señaló al forastero que se había retirado a un rincón.

Los hombres lo miraron.

—¡No tiene gracia, Christina!

—¡Pero lo dice él mismo! —respondió la posadera, e imitó como un papagayo su elegante tono de voz—: ¡Maldita sea, yo soy Temrad!

Los hombres volvieron otra vez la cabeza para observarlo más detenidamente.

—¡Es clavado!

De nuevo la gente se rió por lo bajo.

—Pero es triste —dijeron—, muy triste que haya idiotas como él que piensen que pueden engañar a todo el mundo. ¡Bah! ¡Lárgate! ¡Fuera! ¡Fuera de aquí!

El Temerario de antaño se escabulló con las orejas gachas por la puerta. Sin levantar o volver la mirada siguió caminando en dirección al castillo, en dirección a su casa paterna. «Allí me conocen», pensó, «y eso es tranquilizador». ¿Pero era así? ¿Era tranquilizador? ¿O comenzaba a sentir cierta confusión en su cabeza? Lo negó vehementemente: «¡No! ¡No! ¡No estoy loco!».

Se puso a correr y correr. Le escocían los rasguños de brazos y cara y el aire fresco entraba por el siete de sus pantalones.

Tan sólo después de un rato se percató de que alguien lo estaba llamando.

—¡Reza con nosotros! ¡Reza con nosotros por el descanso eterno del príncipe!

Al levantar la mirada, vio una capilla en cuya puerta abierta de par en par había alguien gritando.

—¡Estamos rezando por el príncipe! ¡Su alteza ha atravesado la puerta de marfil y está en manos del diablo! Reza con nosotros por su liberación!

Temrad se detuvo, se quedó con la boca abierta, quiso rendirse otra vez; pero dentro de él emergió de nuevo y de manera irresistible el Temerario.

—¡Sí, liberación! —gritó caminando en dirección al hombre—. ¡Has dado en el clavo! Pero no hay que rezar para eso. ¡Ya ha ocurrido! Ya estoy liberado. ¡Esa historia de la puerta de marfil es una tontería! ¿Lo has oído bien? ¡Una tontería!

Apartó al hombre de un empujón y entró estruendosamente en la capilla, abriéndose paso entre la gente que musitaba palabras ininteligibles, y gritó:

—¡Ya basta! ¡Ya basta! ¡No hace falta! ¡Aquí estoy, el príncipe Temrad! ¡Salido sano y salvo de un pasadizo subterráneo!

—¡Ssst! —susurró la gente.

El sacerdote interrumpió sus oraciones, se levantó de un salto, agarró del brazo al perturbador y lo empujó hacia atrás en medio de la multitud. Sin embargo, el príncipe no dejó de gritar que él era el príncipe, que no había nada detrás de aquella maldita puerta: ningún dragón, ningún monstruo, ninguna ciénaga; sólo un antiguo pasadizo de escape que daba al exterior, en medio de las ortigas, y que no debían ser tan tontos como para no creerlo, que no debían dejarse engañar por su aspecto físico, que aquellas ortigas al final del túnel eran la causa de que tuviera aquel aspecto; debido a aquellas ortigas y debido a las ramas, a las horribles espinas, a las hojas podridas y las asquerosas boñigas cubiertas de moscas en las que había caído, y que no había en absoluto hormigas dentro del túnel, sólo oscuridad, y que sí había tenido miedo pero que allí no había nada, nada en absoluto: ningún monstruo, ningún espíritu, ningún fantasma y ningún diablo.

El príncipe seguía y seguía gritando mientras que, a una señal del sacerdote, unos hombres fornidos lo arrastraron hacia el exterior, tirando del cinturón de sus pantalones. Los creyentes allí reunidos lo contemplaban todo ávidamente.

—¡Pero soy yo! —seguía gritando él con voz quebrada—. ¡Soy vuestra alteza el príncipe Temrad!

—¡Señor! —oró el sacerdote con voz alta e imploradora— ¡Líbranos del diablo!

Así se propagó el rumor de que el diablo no sólo se había apoderado del príncipe tras la puerta de marfil, sino que estaba ahora en la tierra para hacerse pasar por él.

A un buen trecho de la capilla, los hombres soltaron al príncipe dándole una patada. La dolorida nariz de Temrad fue a parar a un lodazal. Sin embargo, lo peor fue la ola de angustia que brotó de su alma: se sentía totalmente perdido. Si ya nadie le conocía, entonces ya no era quien había sido, ya no era el príncipe, ya no era el Temerario y ya no era Temrad. Ya no era sí mismo.

El lodazal reflejaba su rostro ensangrentado y sucio.

—¿Quién soy? ¿No soy quien soy? ¡Oh Dios mío!

En ese momento, sin embargo, se incorporó soltando un chillido, se levantó de un salto y gritó con su voz de temerario:

—¡Ya veremos!

Con paso firme se dirigió derecho al castillo de su padre.

Los guardianes lo vieron llegar desde lejos y oyeron cómo gritaba:

—¡Dejadme pasar! ¡Me creáis o no, yo soy el príncipe y quiero ir a ver a mis padres!

Sin embargo, habían recibido órdenes estrictas de detener sin contemplaciones a cualquiera que se hiciera pasar por el príncipe, y eso fue lo que hicieron.

—¡Sí, sí! ¡Eso es lo que dicen todos!

—¿Todos?

No respondieron, sólo le apuntaron con sus lanzas.

El príncipe comenzó a chillar, jurar y vociferar con una aguda voz. Sentía rabia, impotencia, miedo y pánico ante la duda que iba penetrando en su propia alma como un veneno.

—¡Por favor! —suplicó—. ¡Por favor, traedme a Minny! Ella me reconocerá. ¡Seguro! ¡Minny! ¡Traedme a Minny!

—¿Minny? —preguntaron los guardianes.

—¡Sí! La baronesa. ¿Cómo se llama? Van Wetering tot Tetering. La ba-ro-ne-sa...

Sus palabras se convirtieron en sollozos. Tenía un aspecto tan perdido, tan harapiento y tan indefenso, que el más joven de los guardianes comenzó a ablandarse un poco y susurró a los demás:

—Eso sí lo podemos hacer. Por este pobre desgraciado. Avisar a la baronesa. Entonces, veremos enseguida...

Sin embargo, el mayor dijo:

—Él es el diablo. De eso nos han advertido precisamente, que es el mismísimo diablo con sus trucos seductores. Por lo que veo, ya te tiene un poco pillado. Si traemos a la baronesa, si es que quiere venir, entonces ella también sucumbirá y...

—¡Minny! ¡Minny! ¡Minny! ¡Ayúdame!

—¿Cómo puede saber que el príncipe la llamaba Minny?

—El diablo lo sabe todo.

—¡Minnyyyy!

La baronesa Van Wetering tot Tetering oyó los gritos a través de muros y puertas, salió con solemne indignación abriéndose paso entre los guardianes y, con su noble cara levantada altivamente, se puso justo delante del príncipe.

—¡Cómo se atreve! —dijo—. La reina está gravemente enferma. La pérdida de su querido hijo la ha conmocionado profundamente, y usted tiene el burdo y horrible descaro de fingir que...

—¡M...M...Minny...!

—¡Lárgate! ¡Canalla diabólico! ¡Monstruo horripilante! ¡Largo!

Su brazo extendido con rabia lo rechazó. De manera irrevocable.

Y de ese modo el príncipe Temrad, al que llamaban el Temerario, desapareció para siempre. Lejos del castillo, lejos de sus padres, lejos de su querida baronesa y, lo que era más horrible, lejos de sí mismo. Ya no existía. Había atravesado la puerta de marfil y, tal como narra la historia, jamás, jamás, jamás volvió.

(Traducción de NADINE BELIËN)

Esta obra ha sido publicada con la Ayuda de la Fundación para la Producción y Traducción de Literatura neerlandesa.

Los ojos

KIT PEARSON (Canadá)

—NO me gustan sus ojos —dijo Bernie señalando a una de las seis muñecas que había en el estante de la habitación de huéspedes de su tía.

—¿Ésa? —dijo tía Sheila. Se echó a reír—. No me extraña, a mí nunca me ha gustado tampoco.

Michelle cogió la muñeca, le alisó la falda escocesa verde y le recogió el pelo bajo la boina:

—¿Por qué no? Es bonita.

Bernie miraba la cara de la muñeca. Sus mejillas de porcelana estaban teñidas de rosa y la boca se curvaba en una sonrisa leve. Michelle quitó con el dedo el polvo de sus ojos. Eran de un color peculiar, naranja amarillento, como los de un gato, jaspeados de negro y rodeados de pestañas finamente pintadas. Parecían fijos en Bernie.

—Sí, es muy bonita —asintió tía Sheila—, la más bonita de todas las muñecas de mi niñez. Pero yo nunca jugué con ella, en parte porque es tan frágil. Por eso está tan bien conservada —volvió a poner la muñeca en el estante—. Aunque vosotras podéis jugar con cualquiera de ellas.

Bernie miró con ansia las otras cinco muñecas, pero Michelle dijo:

172

—Somos demasiado mayores para jugar con muñecas.

—¿Queréis que deje encendida la luz del vestíbulo? —preguntó tía Sheila.

—No, gracias —dijo Michelle—. A Bernie y a mí *nos gusta* la oscuridad, ¿verdad?

—Mmmm... —Bernie tragó saliva.

—Entonces, buenas noches, niñas. Dormid todo lo queráis por la mañana. Estoy muy contenta de que por fin estéis aquí —tía Sheila las besó y bajó las escaleras.

Michelle se quedó en silencio casi inmediatamente, pero Bernie no podía conciliar el sueño que reclamaba su cuerpo exhausto. Había sido un largo día: el viaje había supuesto cruzar Canadá en avión hasta aquella ciudad de la costa oeste.

Ella y Michelle iban a pasar las últimas tres semanas de las vacaciones de verano con su tía Sheila, hermana de su padre. Se veían todas las Navidades en Nueva Escocia, cuando ella visitaba a sus padres. Era su tía favorita y se había emocionado mucho cuando por fin habían aceptado su invitación.

No habían venido antes a causa de Bernie. Tenía miedo a volar, incluso yendo con su hermana mayor. Y a Michelle no le permitían ir sola, sus padres decían que no estaba bien.

—¡Eres una cobarde! —le decía Michelle cada vez que rehusaba la invitación.

Ese año, después de su décimo cumpleaños, Bernie había tenido una conversación con su padre, que trató de convencerla. Pero fue el desprecio de Michelle lo que Bernie no pudo soportar más.

Michelle sólo tenía un año más que Bernie, pero quería crecer lo más deprisa posible. Tenía toda una serie de normas. Decir «papá» en vez de «papi»; no jugar con muñecas después de los ocho años; hacerse perforar las orejas a los diez. Para Bernie fue un alivio que sus padres prefirieran dejarlo para los doce; ella no quería agujeros en las orejas.

Bernie hacía lo que podía por no defraudar a su hermana, pero tenía miedo de tantas cosas que a menudo le resultaba difícil. El viaje en avión había sido horrible. Todavía tenía el cuerpo tenso del miedo que había pasado. Daba igual lo amable que había sido la azafata y lo cariñosa que Michelle había estado con ella en el avión. No pudo comer y, cuando llegaron, las piernas le temblaban.

—¿Ves? —dijo Michelle cuando salían del aeropuerto—. Ya te dije que sería fácil.

Sólo tía Sheila lo entendió.

—Pobre Bernie, ha sido terrible, ¿verdad? —murmuró al abrazarla—. Estoy tan orgullosa de ti. Es muy valiente hacer algo que te asusta tanto.

Y allí estaban, a salvo en casa de su tía, en Vancouver. Estaban cerca de la playa, que sería el primer sitio al que irían mañana. Tía Sheila se había tomado días libres en su trabajo y había planeado muchas salidas con ellas: una excursión a Victoria en el *ferry*, a un parque acuático, al cine, a las carreras y a la feria. Y en la tercera semana, mamá y papá vendrían a reunirse con ellas.

Bernie se hizo un ovillo bajo la ropa de la cama.

Tendría que haber estado dispuesta para dormir después de aquella dura prueba. Entonces, ¿por qué estaba todavía tan tensa?

Porque la habitación estaba tan oscura; en casa la luz del vestíbulo se quedaba encendida.

Era una tontería tener miedo. Si había triunfado sobre el avión, debía ser capaz de enfrentarse a la oscuridad. Apartó la ropa de la cara y se puso de espaldas.

Arriba, en el estante frente a la cama, relucían los ojos de la muñeca: dos esferas amarillas en la negrura, que miraban directamente a Bernie.

Bernie gritó, pero su boca no emitió ningún sonido. Escondió la cabeza y luego volvió a mirar. Los ojos todavía brillaban y sus pupilas aumentaban y se encogían como si fueran de verdad.

—¡Michelle! —chilló Bernie, y al mismo tiempo saltó a la cama de su hermana y la sacudió.

Michelle se revolvió refunfuñando:

—¡Déjame en paz, estoy dormida!

—Michelle, por favor... —Bernie se metió en la cama de su hermana y cuchicheó—: Esa muñeca... tiene los ojos... ¡Están vivos! ¡Brillan! ¡Mira!

—Qué idiota eres... —Michelle se sentó un momento, echó un vistazo a la muñeca y se dejó caer otra vez—. No brillan, Bernie. ¡Vuelve a tu cama y déjame en paz!

Bernie volvió a mirar.

—¡Están brillando!

Pero Michelle la empujó al suelo, le dio la espalda y no se movió.

Bernie saltó a su cama y se tapó. Se acurrucó, respirando con dificultad.

175

¿Estaba soñando? Se arriesgó a echar otra ojeada y luego volvió a esconderse. Los ojos relucían todavía más, le hacían daño en las pupilas.

Pegó las rodillas al pecho y se quedó así hasta que por fin su cuerpo cansado se hundió en el sueño.

—¿No has tenido calor durmiendo toda la noche bajo las mantas?

Bernie asomó la cabeza. Michelle había sido la primera en levantarse, como de costumbre. Se acercó a la ventana.

—¡Hace un buen día para la playa! Vamos a ponernos el traje de baño debajo del pantalón corto.

Pero Bernie seguía en la cama, tiesa, sin mirar al estante.

—¿Qué pasa? ¿Estás enferma?

—Esa muñeca me ha estado mirando toda la noche —murmuró Bernie—. Me escondí debajo de las mantas, pero sentía sus ojos. Puedo notar que me mira hasta cuando estoy dormida.

Michelle se estaba quitando el pijama.

—De verdad, Bernie, era un sueño. Seguramente estabas soñando con ese vídeo que alquilamos, sobre una muñeca que cobra vida.

—Yo no vi eso —se estremeció Bernie.

—Bueno, tiene que haber sido un sueño. Sólo es una muñeca; mira y lo verás.

Bernie respiró profundamente, se sentó y volvió la cabeza hacia la muñeca.

Michelle tenía razón. Sólo parecía una muñeca.

Fijaba en el aire su mirada vacía, como lo hacen todas las demás muñecas. No miraba a Bernie. Sus ojos amarillos centelleaban un poco a la luz del sol, pero sólo eran de cristal, no estaban vivos.

—Puede que fuera un sueño —dijo lentamente.

—Claro que lo era. Anda, vamos a despertar a tía Sheila.

Aquella noche Bernie pensó en pedirle a su tía que pusiera la muñeca en cualquier otro sitio. Pero se sentía más relajada y estaba cada vez más convencida de que los ojos chispeantes habían formado parte de un sueño.

Habían pasado un día maravilloso. El océano Pacífico era mucho más caliente que el Atlántico. Habían nadado y hecho castillos con fosos que se llenaban al llegar las olas. Habían comido en un puesto de hamburguesas y, por la tarde, habían ido al Parque Stanley.

Bernie y Michelle estuvieron charlando en la cama, medio dormidas, hasta que la última frase de Michelle se fue apagando.

Bernie se quedó dormida poco después.

Unas horas más tarde se estremeció violentamente, se dio la vuelta y se despertó. Alguien la estaba mirando. Lo *sabía*. Quienquiera que fuese la obligaba a abrir los ojos y a mirar.

Los ojos color ámbar flotaban en la oscuridad como si no formaran parte de una cara. Parecían incluso más amenazadores que la noche anterior. Bernie salió a trompicones de la habitación y bajó las escaleras. Se deslizó dentro de la cama de tía Sheila.

—¿Qué pasa, Bernie? ¡Estás temblando!

—Los ojos... los *ojos*... —sollozó Bernie.

Tía Sheila la atrajo hacia sí y remetió la manta bajo el colchón.

—Está bien, cariño. Has tenido una pesadilla. Vuelve a dormirte, ahora estás segura.

—Tía Sheila, por favor, saca esa muñeca de nuestra habitación —dijo Bernie durante el desayuno.

—¡Vaya bebé! —se burló Michelle—. ¿Todavía crees que te mira?

—Sí —murmuró Bernie.

—Déjala tranquila, Michelle —tía Sheila dio unas palmaditas en el hombro de Bernie—. Si la muñeca te preocupa, claro que la quitaré.

Bernie no entró en el dormitorio hasta que tía Sheila se llevó la muñeca al sótano. Observó desde las escaleras cómo su tía la envolvía en una toalla vieja, la ponía en una caja de cartón y cerraba la tapa.

—¡Así! —su tía la miró desde abajo—. Se quedará en esta caja hasta que te vayas, ¿te parece bien?

Bernie no estaba segura de si le parecía bien. La muñeca no estaba a la vista, pero sus ojos llameantes seguían en la mente de la niña.

Trató de pensar en otras cosas. Su prima Jennifer vino a verlas y a Bernie y a Michelle les pareció sorprendente que a sus trece años propusiera jugar con las muñecas de tía Sheila.

—Claro que soy mayor para esto —dijo sacando una diminuta bota de cuero de la bolsa de los trajecitos—. Pero es bonito que la tía Sheila lo conserve todo tan bien. He jugado con ellas toda mi vida. Pero ¿dónde está la otra, la elegante, con la cara de china?

«Por favor, no se lo digas», rogó Bernie en silencio.

Por fortuna, Michelle no tenía ganas de admitir que su hermana era una cobarde.

—¿Cuál? —preguntó haciéndose la inocente.

—Hay una muñeca más. Quizá tía Sheila la haya puesto en otro sitio para que no la rompierais. Tenía un nombre gracioso: ¡Grizel!

Michelle soltó una risita.

—¿Grizel?

—¿Verdad que es raro? La trajeron de Escocia, era de nuestra bisabuela, la que vino a vivir a Canadá con su marido.

Jennifer terminó de atar los lazos de la botita y levantó la vista.

—¿Queréis verla?

—¿Ver a quién? —murmuró Bernie.

—¡A Grizel! Estoy segura de que tía Sheila os la enseñará.

Michelle miró a Bernie.

—No, gracias. Bernie y yo somos ya mayores para jugar con muñecas. Vamos, debe de ser hora de ir al cine.

Bernie trató de concentrarse en la película, pero no podía dejar de pensar en Grizel. Ahora que sabía su nombre, la muñeca le resultaba aún más viva. Tenía la sensación de que le perseguía: un nombre feo para algo feo que miraba fijamente desde la bonita cara de aquella muñeca.

Recordó lo que papá le había dicho cuando hablaron de volar en avión: «Si tienes miedo a algo, averigua más sobre ello». Y le había mostrado estadísticas sobre lo seguro que era volar.

No había servido de ayuda; Bernie había pasado todo el tiempo pensando que el avión iba a estrellarse. Pero puede que le sirviera de ayuda con el asunto de Grizel. Tenía que hacer algo para apartar de su cabeza aquellos ojos relucientes.

Por la tarde ayudó a su tía a llenar el lavavajillas, mientras Michelle y Jennifer veían la tele.

—Tía Sheila —empezó con precaución—, ¿podrías contarme más cosas de esa muñeca que no me gusta? Jennifer dice que se llama Grizel y que era de nuestra bisabuela.

—Yo..., bueno, creo que sí. Voy a hacer antes un poco de té.

Bernie observó a su tía mientras llenaba la tetera y sacaba las tazas. Sirvió a Bernie el té con mucha leche y las dos se sentaron a la mesa de la cocina.

¿Por qué tía Sheila parecía tan reacia a hablar?

—Está bien —dijo Bernie—. En realidad no quiero saber nada más de esa muñeca.

Tía Sheila removió su té.

—No, me alegro de que me hayas preguntado. *Deberías* saberlo, Bernie. Quizá tú especialmente.

—¿Por qué?

—Porque eres imaginativa y sensible, como la

180

propietaria de Grizel, tu bisabuela Margaret. Hasta te pareces un poco a ella.

—¿La conociste?

Tía Sheila asintió.

—La conocí en mi niñez, aunque nadie la conocía bien. Era una mujer muy reservada y siempre parecía triste. Pero, hacia el fin de su vida, me contó un día una trágica historia. Yo tenía sólo dieciséis años, pero nunca la he olvidado —tía Sheila puso una mano sobre la de Bernie—. ¿Te la cuento? No quiero que tengas pesadillas otra vez.

Bernie tragó saliva.

—Cuéntamela.

—Se trata de un incendio —empezó tía Sheila lentamente. Bernie tembló por dentro. En una de sus pesadillas habituales veía un fuego que se desataba mientras ella dormía—. La abuela creció en la costa este de Escocia. Tenía dos hermanas mayores y un hermano más pequeño; se llamaba Ewan y ella le adoraba. Solía pasearle en su carrito por las calles del pueblo y compartían la misma habitación. La otra cosa que adoraba era a su muñeca.

—Grizel —murmuró Bernie.

—Sí. Un nombre extraño para nosotros, pero muy común en Escocia. Es un diminutivo de Grizelda. A Margaret le regalaron la muñeca cuando cumplió ocho años y durante los cuatro años siguientes la llevó a todas partes. Las niñas crecían más despacio entonces. Era normal que una chica de doce años jugara todavía con muñecas. Margaret y Ewan inventaban continuamente historias acerca de Grizel, como que en realidad era una

181

princesa y vivía en un país llamado... Ilore, o algo así. Ya sé: ¡Eleuria!

Bernie sonreía; a veces, cuando no podía dormirse, inventaba un país imaginario.

—¿Te contó muchas cosas sobre Eleuria?

—La verdad es que no; se sentía un poco violenta, pero estaba claro que recordaba todo lo que ella y su hermano habían imaginado. Dijo que hablaban de Eleuria continuamente. Solían llevar a Grizel sobre un cojín rojo y Margaret había cosido para ella ropas de reina.

Bernie pensó en los terribles ojos de Grizel: obviamente a aquellos dos niños no les habían preocupado.

—Una tarde los padres y las hermanas mayores de Margaret fueron a la iglesia. Dejaron a Ewan al cuidado de Margaret. Ella tenía doce años y él seis; confiaban en que cuidaría bien de su hermano, al que quería tanto. No iban a volver tarde.

Tía Sheila suspiró, bebió un poco de té y continuó:

—No tenían electricidad en la casa, usaban lámparas de parafina. Los dos niños colocaron a Grizel en un estante alto y empezaron a jugar simulando que eran cortesanos que le llevaban regalos. Se envolvieron en chales y empezaron a bailar para Grizel. Entonces, Margaret tuvo que ir al servicio. Me decía que Ewan todavía estaba dando vueltas por allí cuando ella salió. El borde del chal debió golpear la lámpara. Margaret le oyó gritar y volvió corriendo a la casa, pero el humo le impidió entrar y cayó desmayada fuera de la habitación.

Bernie jadeaba y tía Sheila le rodeó los hombros con un brazo antes de continuar.

—Su familia llegó a tiempo para sacarla de allí. Pero fue demasiado tarde para Ewan; había muerto carbonizado.

Durante un minuto ninguna de las dos habló. Bernie murmuró por fin:

—¿Y qué pasó con Grizel?

—La abuela dijo que no había sufrido ningún daño. Cuando llegaron los bomberos la llenaron de agua y estuvo oliendo a humo durante varios meses, pero como estaba sentada en un lugar tan alto, había escapado de las llamas —tía Sheila suspiró—. No creo que la abuela lo superase nunca. Se culpaba de la muerte de Ewan. Por eso siempre estaba triste.

Hizo una pausa. También ella parecía triste.

—Hay algo más, ¿verdad? —murmuró Bernie.

—Sí... La abuela decía que a partir de entonces algo cambió en Grizel. Que sus ojos pasaron del gris al amarillo. Y que algunas veces, en la oscuridad...

—Brillan —dijo Bernie—. Yo los vi, tía Sheila. Brillan en la oscuridad y se mueven... como si fueran ojos de verdad.

—Eso es exactamente lo que me dijo la abuela. Me dijo que se asustó tanto que quiso deshacerse de Grizel. Empezó a odiarla, pero tuvo que conservarla: era la última que había visto vivo a Ewan, ya ves.

—¿Tú nunca has visto brillar sus ojos? ¿O tu madre?

—No, nunca —tía Sheila empujó su silla hacia atrás—. Hay muchas cosas que no te puedo explicar. Creo que desde ahora guardaré a Grizel en esa caja. La abuela me hizo prometer que nunca se la daría a nadie, así que tengo que conservarla, aunque me ponga la carne de gallina. Pero no le permitiré salir —se echó a reír—. ¿Lo oyes? Hablo de ella como si fuera real.

—Sus ojos lo son —dijo Bernie en voz baja.

—Es difícil de creer —dijo Sheila suavemente—. A veces creo que es sólo tu exceso de imaginación; la tuya y la de mi abuela. Pero yo soy una persona mucho más realista que tú. Michelle es como yo, pero tú eres diferente. Quizá ves cosas que yo no puedo ver —dio un beso a Bernie—. Vamos a reunirnos con las otras y a olvidarnos de Grizel. ¿Puedes intentar no pensar en ella?

Bernie asintió, pero sabía que era imposible.

Durante el resto de la semana, mientras Bernie recorría la ciudad con su hermana y su tía, los ojos enfebrecidos de Grizel no dejaron de brillar ni un momento dentro del cerebro de la niña. Parecían preguntarle algo.

Por fin se dio por vencida. Una tarde en que su tía llevó a Michelle a cortarse el pelo, Bernie bajó al sótano.

Llevó la caja de cartón arriba, para no tener que abrirla en la oscuridad. La colocó en la mesa de la soleada cocina, levantó la tapa y desenvolvió la toalla.

Grizel parecía normal otra vez, al menos todo lo normal que podía ser con aquellos ojos misteriosos. Pero aquel día sólo reflejaban la luz, como otros ojos de cristal cualesquiera.

Bernie levantó la muñeca y la examinó. Era

hermosa; no le sorprendía que Margaret y Ewan hubieran jugado a que era una princesa. El pelo oscuro de Grizel era tan suave como pelo natural y sus dedos estaban cuidadosamente modelados.

Pero Bernie recordaba el aspecto que habían tenido los ojos de Grizel en la oscuridad. Empezó a colocar otra vez la muñeca en la caja. Pero al ir a taparla, pensó que aquellos ojos dorados parecían implorarle algo.

Bernie la sacó otra vez y la puso en su regazo, con cuidado de no golpear los brazos y las piernas de porcelana. El cuerpo de Grizel era de tela, pero estaba relleno de algo duro; era un poco pesada.

No era culpa de Grizel que sus ojos reflejaran tal horror. Era por lo que había visto, lo que había presenciado sentada en aquel estante de la habitación en llamas. Y no había podido cerrar los ojos, como lo habría hecho un ser humano. Una muñeca tenía que seguir mirando.

Bernie se estremeció y apretó a Grizel un poco más. Margaret había llegado a odiarla, decía tía Sheila. Como si Grizel representara el sufrimiento de Ewan. Pero ¡sólo era una muñeca!

Sólo una muñeca... Bernie abrazó a Grizel más fuerte al tomar aquella decisión. ¿Y si empezaba a jugar con Grizel, como habían jugado con ella sus antiguos dueños? A las muñecas no se las odia; se las cuida, se las viste y acicala y se habla con ellas. Quizá Grizel pudiera convertirse de nuevo en una verdadera muñeca; quizá sus ojos llegasen a olvidar lo que habían presenciado.

«Puedo hacerlo durante el día», decidió Bernie. Guardaría a Grizel en la caja todas las noches.

Pero de día, como ahora, trataría a Grizel como una muñeca normal.

Tía Sheila y Michelle se sorprendieron al encontrar a Bernie sentada en la cocina y haciendo lo que siempre se hace con una muñeca: peinarla.

Bernie jugaba con Grizel todas las tardes, antes de irse a la cama. La peinaba, le hacía trenzas y se las sujetaba con cintas. Buscó entre los vestidos de las otras muñecas los que podían servirle a Grizel y la cambiaba de ropa cada día. Encontró una tela brillante en la caja de costura de tía Sheila y cosió una capa para Grizel. Fue a una mercería y, con su propina semanal, compró lentejuelas para la capa y diamantes falsos que pegó sobre una corona de cartón.

La llamaba princesa Grizel. Le hizo collares de cuentas y suspiraba por un caballo de juguete sobre ruedas que tenía en su casa. Sería ideal para sentar a Grizel encima.

Empezó a llevarla a todas partes, incluso a Victoria en el *ferry*.

—Eres demasiado mayor para jugar con muñecas —decía Michelle.

—No, no lo soy —dijo Bernie, sorprendida de su propia seguridad—. Tía Sheila dice que nuestra bisabuela jugaba con muñecas a los doce años. Y a Jennifer también le gusta.

Era verdad. Jennifer venía casi todos los días y ayudaba a Bernie a hacer cosas para Grizel. Al final de la semana, hasta Michelle les daba ideas para su mapa de Eleuria. Tía Sheila también tomaba parte. Pasaban las tardes inventando nombres para los miembros de la familia real. Sheila dijo que podían repintar la vieja cama de muñecas y así sería digna de una princesa. Llovió tres días seguidos, pero a ninguna de ellas le importó. Estaban inmersas en un mundo encantado que giraba alrededor de la princesa Grizel.

Por las noches Grizel seguía desterrada. Al principio, Bernie la dejaba metida en la caja en la cocina. Después subió la caja a la habitación, para que al menos estuviese cerca. Pero siempre la cerraba.

—Vuestros padres llegan el domingo —recordó tía Sheila una tarde.

—¿Ya? —preguntó Michelle.

Estaban sentadas en la terraza, haciendo platos de *papel maché* para Grizel. Cuando estuviesen secos, los pintarían de oro.

Pero de repente Michelle dejó su plato como si lo rechazara.

—Esto es tan aburrido —dijo—. ¿No podemos ir de paseo, tía Sheila? Me gustaría comprar ese anillo que vi, para poder enseñárselo a mamá.

—Claro que sí —tía Sheila añadió más pasta a su plato—. ¿Quieres venir, Bernie?

Bernie hizo como que no oía. Se había roto el encanto. Levantó a Grizel y revisó el lazo de su capa.

—Bueno, ahora estás preparada para recibir al embajador de Eleuria.

Pero Michelle, tía Sheila y Jennifer ya se estaban arreglando para salir.

—Mamá y papá se van a sorprender de que juegues con muñecas —comentó Michelle aquella noche.

—No me importa. De todos modos, tú también juegas.

Michelle se ruborizó.

—Yo no juego de verdad. Sólo lo hago para acompañarte, porque no hay nada más que hacer. Creo que te estás portando de forma muy rara con esa muñeca, Bernie. Sólo es una muñeca; estás obsesionada con ella.

—Ya sé que sólo es una muñeca —dijo Bernie—. Es un juego y nada más, pero me gusta. Me *gusta* imaginar cosas.

Michelle se encogió de hombros.

—Haz lo que quieras —y se fue a la cama.

Bernie estaba contenta. Había dicho lo que pensaba y Michelle lo aceptaba. ¿Sería siempre así de fácil?

«¡Puedo hacer lo que quiera!», pensó asombrada. Durante la última semana lo había hecho y, con tanto éxito, que incluso había atraído a su juego a Michelle y a Jennifer, y también a tía Sheila. Había pensado que era Grizel la que ejercía una atracción sobre ellas, pero era *ella*, Bernie...

Miró a Grizel al ponerla en la caja aquella noche. Sólo era una muñeca. Únicamente un ser humano, como ella misma, podía hacerla parecer real.

Bernie la miró y encontró que tenía cara de sentirse sola: pero sabía que era su imaginación. A pesar de tenerla arreglada y de haberla llevado de paseo y de tiendas y de haber imaginado toda una serie de historias sobre Eleuria, a Grizel no le gustaba ir al exilio cada noche. ¡Quién se imagina a una princesa encerrada en una caja de cartón! Bernie la sacó y la puso en la cama que había pintado para ella. Pero aun allí, los ojos ambarinos de Grizel tenían una mirada anhelante.

¿Qué les gustaba a las muñecas? Dormir al lado de sus dueñas, sin duda. Que las abrazaran en una cama calentita y les cuchichearan al oído palabras en la oscuridad. Eso era lo que Bernie había hecho siempre con sus muñecas.

Pero los ojos...

«Sus ojos están así porque mi bisabuela la odiaba», pensó Bernie. «Ahora alguien la quiere: yo. Ahora es otra vez una verdadera muñeca, con unos ojos normales de cristal.»

Aunque el corazón le latía muy fuerte, le quitó la capa a Grizel, después el vestido, y le puso uno de los camisones de las muñecas. Cuando tía Sheila subió a darles las buenas noches, Grizel estaba arropada al lado de Bernie.

—Bien por ti —sonrió su tía—. Ya no tienes miedo de ella, ¿verdad? Pero ten cuidado de no romperla al darte la vuelta.

—Todavía durmiendo con muñecas —se burló Michelle, pero Bernie le dio la espalda y abrazó a Grizel. Notó un ligero olor a humo; pero seguramente era su imaginación.

—¡A dormir! —cuchicheó.

Al girarse, la niña sintió que uno de los brazos tiesos de Grizel le pinchaba en un costado. ¿Habría estado tumbada sobre la muñeca y la habría roto? La cogió y tocó sus brazos en la oscuridad.

Los ojos... los ojos relucían ardientes como el

fuego. Bernie respiró jadeante y dejó caer a Grizel sobre la colcha.

Pero algo la obligó a examinarla de nuevo. Algo la obligó a levantarla y mirar dentro de sus ojos. Los ojos danzaban como llamas saltarinas. Los ojos crepitaban de miedo, espanto y horror. Todo el cuerpo de Bernie sufrió una sacudida al ver lo que Grizel veía.

Las llamas lamían la ropa de un niño y, después, la carne de su cara y sus manos. Gritos que se volvían ahogados y, luego, silencio, una vez que el niño se rindió al feroz calor del fuego. Olor a ropa quemada y, peor aún, a carne quemada.

Bernie agarró la muñeca. Quería cerrar los ojos, pero no podía; porque Grizel tampoco podía. Estaba atrapada por el accidente monstruoso y sin sentido del que la muñeca había sido testigo. Una parte de ella quería apartar el horror, tirar de la cama a Grizel; sin embargo, continuó abrazándola y observando, demasiado espantada para emitir un sonido.

Y entonces supo algo más. Supo que también Margaret había sido testigo del fuego. Que había podido entrar en la habitación, pero que estaba demasiado aterrorizada para hacer nada. Que se había quedado paralizada por el miedo y había visto cómo su hermano moría abrasado; luego había corrido a pedir ayuda y se había desmayado a la puerta.

Margaret había visto lo que nadie debería ver y nunca lo había contado. Había guardado ese horror dentro de sí para el resto de su vida. Por eso odiaba a Grizel pero no podía desprenderse de ella. Guardaba la muñeca para atormentarse a sí misma con su culpa.

Por fin había pasado todo. Las llamas se extinguieron en los ojos de la muñeca, que eran ya tan borrosos como el resto de sus rasgos. Bernie la atrajo hacia ella.

—No fue culpa tuya —cuchicheó—, tú no podías evitarlo. También tú te habrías quemado si te hubieras acercado a él. No podías hacer nada.

Se quedó dormida meciendo a Grizel y a Margaret.

—¿De dónde has sacado esa preciosa muñeca? —preguntó su madre una vez que exclamaciones, abrazos y besos quedaron atrás y mientras esperaban que colocaran el equipaje en el coche.

Grizel llevaba puesta su mejor capa para ir al aeropuerto.

—Es de tía Sheila; pero acaba de decirme que puedo quedármela —explicó Bernie, orgullosa.

Mamá cogió a Grizel.

—Qué bonitos ojos grises; miran directamente, ¿verdad?

—¿Grises? —preguntó Michelle.

—Déjame ver —tía Sheila cogió la muñeca—. ¡Qué raro! Ya no tiene los ojos amarillos.

—No se los habrás pintado, ¿eh, Bernie? —dijo Michelle.

Bernie volvió a coger a Grizel y sonrió:

—Siempre ha tenido los ojos de este color. Sólo que no los mirabais bien.

(Taducción de Amalia Bermejo
y Félix Marcos Bermejo)

191

El reloj del abuelo

BJARNE REUTER (Dinamarca)

UN día de verano radiante. Otto está en el jardín de su abuelo, tapizado de hierba, y mira el castaño. De pronto, el cielo se abre. Como una flor. A Otto le gustaría avisar a su padre para que también él viese lo que está ocurriendo, cuando del cielo cae una cuerda. Una cuerda larga y retorcida, una cuerda como las que se usan para amarrar los barcos al muelle. Sigue cayendo hasta que se queda colgando delante de Otto. La imagen resulta increíble. Entonces, Otto divisa a su abuelo. Sujeta el otro extremo de la cuerda con las manos.

—Noa —dice—. Noa, muchacho —el abuelo siempre llama Noa a Otto—. Agarra la cuerda, Noa.

Otto la coge. Pero le corta las palmas de las manos, como si estuviera erizada de esquirlas de cristal.

—Mis manos —grita Otto—, me hace daño en las manos, abuelo. Me sangran. No puedo. Lo siento, no puedo. Lo siento.

Gritó tan fuerte como le fue posible. Un sudor frío le recorría el cuerpo.

—¡Otto! Otto, despierta. ¿Me oyes?

Otto vio a su madre, sentada en el borde de la cama. La luz del pasillo estaba encendida.

—Estás empapado, hijo —añadió, abrazándolo fuerte.

Entonces entró el padre. Estaba adormilado y preguntó qué hora era.

—Las tres y media —contestó la madre—. ¿Has tenido una pesadilla?

Otto asintió con la cabeza, todavía un poco confuso, y observó a su padre, que le preguntó si se trataba de nuevo del abuelo. La madre seguía abrazando a Otto, pero él se libró de ella, cerró la puerta tras sus padres y se deslizó de nuevo en la cama. Al otro lado de la pared oyó los comentarios de su madre: que aquello empezaba a resultar insano y que debería aceptar que los muertos están muertos. Muertos y enterrados. Su padre replicó que estaba cansado.

Todos los días empaquetaban algo. Los tres, pero especialmente sus padres. Otto odiaba el desorden. Y la peor clase de desorden que podía imaginar era una caja de cartón atestada con sus cosas. Y un piso vacío. No había nada de malo en la casa a la que se iban a mudar. Era grande y bonita, y dispondrían del doble de espacio. Y de un jardín.

—Ahí puedes plantar tu propio castaño, Otto —le había dicho su padre.

En el comedor había cinco bolsas de basura. Sus padres las iban llenando poco a poco, hasta que estuviesen repletas. Otto odiaba tirar cosas. Una noche, se levantó para inspeccionar las bolsas. Para comprobar que no habían tirado algo que él quisiera conservar.

Se puso en pie de nuevo, se acercó a la ventana

y se sentó en el alféizar. Ya casi era de día. Le gustaba sentarse en el alféizar y ver amanecer. Aunque en realidad desde allí no se veía. A veces, cuando dormía en casa de su abuelo, los dos se levantaban pronto para contemplar el amanecer.

«Es una maravilla, ahora y siempre», decía su abuelo, tosiendo al mismo tiempo.

Otto entró muy despacio en la habitación en la que estaba el reloj de pared. No funcionaba desde hacía siglos. Lo habían heredado un año antes, cuando murió el abuelo. Pero no habían encontrado la llave con la que darle cuerda. Otto se coló en el estudio de su padre y abrió un cajón. En él había un álbum de sellos, una lupa, una foto de su abuelo en su juventud y una caja de puros. Puros viejos, secos, de color marrón barro, de la marca «Caminande». Quedaban doce. El abuelo se había fumado el resto. Cuando todavía estaba vivo. A Otto le gustaba oler los puros. Cerrar los ojos y aspirar profundamente su aroma. Entonces, de inmediato, aparecía la imagen del abuelo. Rodeada de un olor suave, seco y marrón. Como el olor de una mano. Grande, cálida y áspera pero, a pesar de todo, suave.

—¡Otto!

Él retrocedió. Su padre se dirigía al servicio. «No, ahora no», pensó Otto.

Su padre entró en el estudio, cerró la caja de los puros y la devolvió al cajón. Le ordenó a Otto que se acostase en el acto.

—Esos condenados puros no se vienen con nosotros, Otto.

—Papá...

194

—Que descanses, Otto. Ya hemos discutido ese tema. ¡Los puros van a la basura!

—No debes tirarlos. ¡Prométeme que no los tirarás!

—He dicho buenas noches, Otto.

A continuación, su padre entró en el servicio. Otto escuchó el borboteo. Y esperó pacientemente a que su padre acabase.

—¿Todavía estás aquí? —farfulló él al salir.

—¿Cómo sucedió?

—¿Cómo sucedió qué, Otto? ¿No comprendes que es más de media noche y que yo...

—¿Cómo sucedió exactamente lo del abuelo?

—¡Por Dios santo, Otto!

Su padre lo empujó hasta su habitación y luego hasta la cama.

—Siempre has dicho que se cayó y se murió. Pero oí a mamá decir que quizá no habría sucedido si hubiera llevado un casco. Me contaste lo primero que se te ocurrió.

—Yo nunca digo lo primero que se me ocurre. Buenas noches, Otto.

—¿Por qué no podemos hablar del tema?

—Pues claro que podemos hablar. El abuelo está muerto.

—Algo le cayó en la cabeza.

—Vale, algo le cayó en la cabeza. Esas cosas pasan en un astillero. ¿Estás satisfecho ahora?

—¿Qué le cayó en la cabeza?

El padre de Otto se metió en su dormitorio y cerró la puerta.

Otto la miró y se repitió la pregunta. En su nariz perduraba aún el olor de los puros. Evocó una escena amarillenta. Un bonito día de verano: Otto y su abuelo están sentados en la terraza. El abuelo bruñe las pesas del reloj. El humo del puro le invade continuamente los ojos. Por eso lleva sus gafas de soldar.

—Cuando yo ya no esté aquí, tú te quedarás con este reloj, Noa —afirma mientras cuelga una pesa y mueve la aguja pequeña. Luego, le dedica una sonrisa a su nieto.

Los dos escuchan la débil melodía que surge del reloj. Parece que quiere decirles algo. Sólo a ellos. Quizá cuente la historia de lo que ambos comparten, una historia sin palabras, compuesta tan solo de una diminuta y tintineante melodía. Después, llevan el reloj al cuarto del abuelo. Pesa mucho. Únicamente cuando está colocado en su sitio examina Otto las palmas de sus manos, donde de unos pequeños cortes brotan gotas de sangre. El abuelo coge un bote de yodoformo.

—¿Te encuentras bien ahora, Noa?

—Sí, gracias, muy bien.

Al volver a casa desde el colegio tomó un desvío. Vigilaba el cielo, que parecía de plomo. Las casas eran como pedazos de carbón. Un día extraño. Se quitó el jersey. El aire era cálido. Un poco más tarde, se plantó en la relojería. Dejó la nota en el mostrador. En ella había escrito lo que estaba grabado en el reloj: Anton Kehl, 1898.

Otto le preguntó al relojero si podía hacer una llave nueva. Sus padres habían dicho que eso era imposible porque el reloj era muy antiguo y muy raro.

—Todo es posible —repuso el relojero— si estás dispuesto a pagar su precio. Pero la llave de un Kehl se tiene que hacer a mano. Y eso resulta carísimo.

—El reloj solía tocar una canción a las seis y a las doce.

El relojero comentó que ya lo sabía.

Fuera había empezado a llover. Grandes y suaves gotas de lluvia repiqueteaban en el escaparate de la tienda. Cuando Otto abrió la puerta, un relámpago estalló en el cielo. Allí, durante un momento, se dibujó una gigantesca garra de neón azul. Luego se desvaneció. Otto miró su reloj de muñeca. Era tarde.

—¿Tienes prisa, Noa?

La mujer estaba apoyada en la fachada de una casa. Sonrió a Otto, quitándose un birrete marrón pasado de moda. Otto observó su ropa, su chaqueta corta y sus pantalones de lana. Llevaba gafas de sol, unas gafas redondas de montura grande. Parecían casi gafas de soldar. Entonces, Otto pensó si aquella mujer no sería en realidad un hombre.

—¿Nos conocemos?

Otto se protegió los ojos del repentino sol con una mano. La mujer estaba blanca, aunque no pálida. Sólo sus labios tenían color. Un color vivo. Otto tenía la clara sensación de que conocía a aquel hombre. Pero ignoraba cuándo y dónde lo había conocido.

Rompió a andar. No le gustaba que lo abordasen de esa forma. Cuando alcanzó la primera esquina, echó un vistazo por encima del hombro para comprobar si aquella persona le estaba siguiendo. La mujer no lo seguía. O el hombre. O lo que fuera. Se había esfumado. Otto agitó la cabeza y cruzó la calle. El frutero sacudía el agua de su toldo y en el café de la esquina sacaban otra vez las sillas.

Otto se paró. De pronto se sentía muy extraño. Vacío. Como si lo hubiesen agujereado. Lentamente, volvió sobre sus pasos y llegó hasta la relojería, donde se detuvo un instante y miró a su alrededor. El desconocido lo había llamado Noa. Y sólo una persona en el mundo lo llamaba Noa.

—¿Qué te ocurre, estás enfermo?

Otto se dio la vuelta para quedarse tumbado de espaldas y contempló a su madre.

—No, sólo estoy descansando.

—¿Tú, descansando?

—Sí, eso he dicho, ¿no?

—¿Por qué no empaquetas algunas de tus cosas? No has hecho casi nada. También quería pedirte que fueses a comprar un poco de arroz y unos puerros. ¿Lo harás?

Otto dejó las piernas colgando por el borde de la cama y cogió el billete. Su madre le tocó la frente. Él repitió, bastante irritado, que no estaba enfermo.

Le gustaba vagar por el supermercado. Era entretenido observar a la gente y las cosas que compraban. Se dirigió directamente a la sección del arroz y a la de las hortalizas.

—Te llamas Noa, ¿no?

Otto se quedó rígido. Reconoció la voz de inmediato, sin necesidad de girarse. Notó en el acto cómo le embargaba esa sensación de vacío. El hombre o la mujer, todavía no tenía idea, estaba atareado en la sección del tabaco.

—¿Cómo sabe mi nombre? Aunque, por si le interesa, no me llamo Noa.

—Oh, perdona. Entonces, ¿cómo debo llamarte?

Otto observó a aquella persona, en cuyas gafas de sol sólo se distinguía él mismo.

—¿Nos conocemos?

—Creo que nos hemos visto antes. En un taller.

Otto decidió que se trataba de una mujer. No podía pasarse todo el tiempo concentrado en el sexo de aquella persona.

—Yo nunca he estado en un taller —replicó Otto con un hilo de voz.

—Hacíamos figuritas con castañas y cerillas.

—Usted está chiflada.

Otto echó a andar hacia atrás. Primero despacio y luego más rápido.

Caminó apresuradamente entre las estanterías repletas de comida y llegó hasta una caja, donde lanzó la bolsa de arroz y los puerros en la cinta mecánica. Mientras buscaba el dinero, miró hacia atrás en pos de la desconocida. Pero, obviamente, se había marchado de nuevo.

El cambio cayó rodando en un pequeño recipiente de metal. Otto miró la boca de la cajera, que se estaba moviendo. Sus dedos se clavaron en la barandilla próxima a él. Figuritas con castañas. De pronto, sintió la urgencia de llorar. Animales de patas temblorosas hechas con cerillas.

Bajo el árbol descansa el fruto de la piel que

pincha; el abuelo lo pisa, ni con mucha fuerza ni con poca, para abrirlo. Se pasan el día sentados en el banco, haciendo animales con castañas: jirafas, monos, osos y vacas. Aquel verano. Aquel precioso verano. El último del abuelo. El último para él y para Otto.

Ellinor llegó después de cenar. Lo cual sorprendió a Otto, a pesar de que habían quedado en que ella iría a su casa todos los jueves por la noche. Ellinor estaba en la clase de Otto y los dos compartían una pasión: el ajedrez. Normalmente, jugaban partidas cronometradas, pero no siempre. Esa noche no. Ellinor acababa de cumplir los doce años. Era *punki* desde los nueve. Llevaba tres aros en la nariz, dos en las orejas, el pelo corto y verde y unas enormes botas negras. Además, se reía constantemente y era una jugadora de ajedrez bastante tramposa. Especialmente en la fase final. Tras cinco movimientos, Otto preguntó:

—¿Hay personas que no son ni hombres ni mujeres?

—Excepto nuestro profesor de *mates*, no conozco a nadie más. Alfil a...

—Ellinor, esta noche no puedo concentrarme. Lo siento.

Otto se sentó en el alféizar de la ventana.

—Si yo tuviese que mudarme, me habría echado contra un camión hace mucho.

—No es eso. De hecho, ya me he acostumbrado a la idea. Es algo muy diferente.

Ellinor dijo que la adolescencia era un factor de estrés muy subestimado. Otto pensó cuánto la echaría de menos cuando se marchase. Luego la miró a los ojos y le confesó:

—Una idiota me está siguiendo; habla conmigo como si nos conociéramos. Me está volviendo loco.

Con mucha sensatez, Ellinor le preguntó si podía tratarse de una pervertida. Otto no sabía muy bien a qué se refería, pero sugirió que fueran a pasear.

El tiempo era estupendo. Otto y Ellinor caminaban cada uno por una acera para que nadie creyera que eran novios. Siempre elegían calles estrechas para poder charlar sin gritar demasiado. Ellinor estaba comentando una apertura siciliana y la última partida de Kasparov, cuando Otto se paró junto a un arbusto repleto de lilas blancas. El perfume de las flores le provocó una sonrisa.

—Mi abuelo se dormía oliendo esta flor —dijo—. Por lo menos, en el mes de junio. Entonces siempre había un jarrón lleno de lilas sobre su mesilla.

—¿Todavía estás con ese abuelo tuyo?

Ellinor continuó hablando de aquella ocasión en la que le había ofrecido tablas sin que fuese realmente necesario. Otto la estudió. A su amiga no le resultaba fácil andar con esas botas. O quizá trastabillaba porque daba pasos muy grandes.

—¿Quieres volver a verlo?

Otto se giró. El ritmo de su respiración se elevó hasta alcanzar un nivel peligroso. ¿De dónde procedía la voz? No le hacía falta preguntar a quién pertenecía porque eso ya lo sabía.

—¿Me habla a mí? ¿Por qué no lo dice?

Otto golpeó el suelo con los pies.

Ellinor ya estaba cerca de la esquina de la calle. Unos veintisiete metros por delante.

Aquel extraño ser que llevaba oscuras gafas de soldar estaba bajo la lila pelando una manzana.

—Deberías llevarte los puros. A él le gustan mucho.

Otto empezó a andar de espaldas involuntariamente.

—¿Quién es usted? —murmuró.

—Soy una de esas personas que tiene carné de conducir —contestó el hombre que parecía una mujer. O al revés.

Otto, tenso, miró a Ellinor justo cuando ella se perdía al doblar la esquina.

—Si te das prisa, lo conseguiremos.

¿La voz procedía de la boca de una mujer? ¿O simplemente flotaba en el aire? Otto retrocedió un paso.

—¿Está usted hablando de mi abuelo? —preguntó débilmente.

La piel de la manzana, pequeña y redonda, cayó al suelo como una espiral.

—¿Vas a cogerlos, Noa? —replicó la voz.

Otto comenzó a correr. Primero de espaldas, luego de lado y finalmente hacia delante y a toda velocidad hasta su portal, luego escaleras arriba y después hasta el interior del piso, donde le aguardaban el olor de la cena, el ruido de la televisión, el de la máquina de coser de su madre y trece años de polvo, todo de Otto.

Sus padres estaban sentados en el cuarto de estar. Otto se dirigió a su habitación y cerró la puerta tras él. En menos de un minuto, su madre estaba en el umbral tratando de averiguar qué le había ocurrido a Ellinor. Otto temía que la conversación terminase como había terminado ya unas cuantas veces: por qué no llevaba amigos a casa, por qué nunca iba a la de los demás, por qué no practicaba ningún deporte... Su madre acababa pronunciando siempre la misma frase: «Ya hace un año, Otto».

—Ellinor es bastante maleducada. Aunque quizá eso vaya con lo de ser *punki* —la madre empujó la puerta para que su hijo viese la entrada—. Aquí hay cubo de basura —añadió, con los brazos cruzados—. Así que la señora no tiene por qué tirar sus desperdicios en la alfombra.

Otto miró la estera de coco de color beige, donde descansaba la piel de una manzana con forma de espiral. La madre la recogió y la llevó a la cocina. Mientras tanto, Otto se acercó al estudio de su padre, abrió el cajón del escritorio, cogió la caja de puros y la escondió en su chubasquero.

—¿Qué demonios está sucediendo? —susurró cuando abría la puerta principal del piso. Diez minutos después, estaba en los setos, al lado de la lila blanca. Donde, por supuesto, no se divisaba a nadie—. Hola. ¿Hay alguien? —gritó—. Soy yo, Otto.

Se dio la vuelta como un rayo cuando el coche se detuvo a su espalda con un suspiro. Era gris y de una marca desconocida para él. Al conductor, sin embargo, lo conocía muy bien.

El asiento trasero es suave, casi demasiado. En el coche flota un olor extraño, dulce y penetrante, un olor capaz de enfermarte, un olor rancio. Van de camino a algún lugar. El coche se mueve a una velocidad considerable. Entonces, Otto advierte que hay un panel de cristal entre él y el conductor. Pasan por delante de un gran prado verde sobre el que se levanta un bonito cielo azul lavanda. Cientos de insólitos animales pastan en él. Animales de color marrón rojizo y tripas blancas que se sostienen sobre unas patas delgadas y vacilantes. Enormes animales hechos con castañas.

De pronto, el coche se para. Alguien abre la puerta. O se abre sola. Un aire frío y pegajoso rodea a Otto. Un aire que huele poderosamente a óxido y a aceite, a goma y a mar. El agua que separa la carretera y el astillero es negra como el carbón.

Un pequeño bote se dirige hacia ellos. Como si de repente algo le ocurriese, Otto le ofrece su mano al conductor.

—No debes tocarme, Noa.

Un minuto después, Otto está sentado en el bote detrás de un hombre mayor que lleva un mono azul. Se meten en un gran muelle y pasan junto a un descomunal barco de color óxido en el que están pintando un nombre. F E O..., pone. El pintor está de pie en una especie de columpio. Silba una melodía que resuena a través del embudo que forma la bocana.

—Cuidado con la grúa, Noa —dice el hombre del bote, señalando hacia arriba.

—Cuidado con la grúa, Noa —repite el eco por el muelle como si cien hombres hablasen con voz profunda.

La gigantesca grúa gira sobre la proa del barco: una barquilla muy pesada cuelga del brillante cable. La grúa parece una especie de lagarto con una gran caja en la boca. El bote amarra. Otto contempla el agua negra que brilla anormalmente.

—¿Por qué está tan rara el agua? —le pregunta al hombre que está sentado dándole la espalda.

—Aceite —responde—. Ha habido una fuga de aceite. Un accidente.

«Aceite. Ha habido una fuga de aceite. Un accidente», repite el eco por todas partes... Como un coro.

—¿Qué debo hacer? —grita Otto.

—Sigue la grúa —contesta el hombre que se aleja en su minúsculo bote.

Otto clava las manos en la caja de puros y empieza a andar mirando la negra silueta de la enorme grúa.

De pronto, se detiene. En la oscuridad se enciende una llama. Las colosales sombras de unos hombres que corren por la proa del barco ponen la escena en movimiento. Estalla una sirena. Otto observa a los trabajadores de mono azul que pululan por todas partes. En ese instante descubre que el agua está ardiendo. Él también echa a correr. En círculos. Como en un laberinto. El agua está ardiendo. En ciertos sitios, espesas y azules columnas de humo suben, retorcidas como ciclones, hacia el cielo. Los motores chirrían al ser arrancados. Otto anda sobre una especie de lona alquitranada. El material cede y él no puede avanzar más. Dirige la vista hacia la punta de la grúa, que está medio escondida por el humo. La barquilla, la barquilla que sujeta un grueso cable, se balancea sobre el muelle. Luego, Otto mira las palmas de sus manos, rojas de sangre. El líquido sale de unos cortecitos. Alguien aparece de improviso

205

entre la proa del barco y la alta pared de los contenedores. Otto se fija en los movimientos del hombre. Parpadea y, lentamente, sacude la cabeza.

—Abuelo —murmura.

—¿Qué demonios estás haciendo? —Otto distinguió la cara blanca de Ellinor. El pelo verde de Ellinor. Estaba tumbado en el suelo bajo la lila—. ¿Has empezado a fumar?

—¿Fumar?

Ella le quitó la caja de puros.

—El increíblemente estúpido Otto. ¡El hombre de los puros!

Él agitó la cabeza y examinó las palmas de sus manos.

Ellinor comentó que los puros podían marearle.

Otto le preguntó si ella también había visto un coche gris.

—Venga, pon la cabeza entre las rodillas. Estás más pálido que un muerto.

Ellinor tenía algo de comandante, y Otto prefirió obedecer. Ella dijo que de repente se había dado cuenta de que él había desaparecido.

—Entonces he regresado y te he encontrado aquí tumbado, dormitando. También podría ser anemia. Estás temblando, Otto.

Otto farfulló que sería mejor regresar a casa. Ellinor le acompañó todo el camino. Esta vez por la misma acera. Se pararon ante las escaleras.

—Más vale que dejes de fumar esos puros. Todo tú hueles a ellos.

—No he estado fumando —repuso Otto quedamente.

Ellinor retrocedió.

—Se huelen a un kilómetro. Adiós.

Domingo. Fueron en coche a la casa de la costa, donde los pintores y los carpinteros habían trabajado durante una quincena. Otto siguió a su madre de habitación en habitación. Ella iba diciendo que estaba emocionada con la luz. La luz que se derramaba sobre el suelo desnudo en formas geométricas. Su padre hablaba con un paisajista que entendía de setos de bambú.

En el primer piso, su madre abrió la puerta de un gran cuarto que miraba al mar. Allí había un armario antiguo y grande y una silla de mimbre más moderna. Un espejo ovalado colgaba de la pared, enmarcado con una vieja moldura dorada.

—Bonito, ¿verdad? El doble de grande que el otro. Y perfecto para ti, que te encanta sentarte en el alféizar de las ventanas. Ya verás, pronto harás amigos en el vecindario. Ya es hora de que participes otra vez.

El padre llamó a la madre desde el jardín. Ella bajó. Otto contó los escalones. Dieciocho. Aquélla era realmente una bonita habitación. Pero él prefería ver el resto de las casas, las chimeneas y las tiendas, y a la gente instalada en pisos confortables; curiosamente, el horizonte de los bosques y la costa le resultaba demasiado limpio. Como un tablero de ajedrez sin piezas. Sin reloj.

Otto dejó su mochila en el suelo. En ella había un ajedrez de bolsillo magnético, un *walkman* y la caja de puros. Tenía un plan. Un plan que consistía en ocultar la caja de puros en aquella casa. Para que no se perdiese en la gran limpieza que precedería a la mudanza.

Giró y se contempló en el espejo, que estaba plagado de manchas de humedad. «Tengo los mofletes rojos», se dijo. Ellinor le había pedido la nueva dirección, pero él aún no se la había dado. No tenía nada en contra de su compañía, pero le apetecía más estar solo. Se acercó al espejo y de repente retrocedió. Empezó a respirar más rápido. Aquel extraño hombre estaba detrás de él. O aquella mujer. Detrás de él o dentro del espejo.

Otto se había quedado como pegado al suelo; le resultaba imposible dar media vuelta.

—Tú decides, Noa.

—Váyase.

—¿Lo dices en serio?

—¿Qué pretende de mí?

—Tu abuelo tiene algo para ti.

—Mi abuelo está muerto. ¿Por qué no lo entiende? Está muerto. Hace más de un año.

—Un año, dos meses y cinco días.

El extraño metió las manos en los bolsillos. Otto le evitó y se dirigió a la puerta. Dieciocho peldaños hacia abajo. Luego, el jardín donde estaban sus padres. Sonrieron. Le preguntaron si quería pasear con ellos hacia el mar. Otto no respondió nada y miró de reojo la casa de madera con ventanas altas y estrechas. Encontró la suya, donde había una sombra tumbada en el alféizar.

—Odio ese viejo espejo —dijo entonces.

—Pues entonces lo colgaremos en otra parte.

—Deberíais tirarlo.

—Otto, ¿qué te pasa?

—Ahora mismo. Es horrible. Si voy a vivir en esta espantosa casa, por lo menos tirad ese espejo. Ahora.

—Vale, niño —su madre se rió, perpleja.

El padre de Otto rodeó sus hombros con un brazo y lo arrastró hasta la casa.

—Si no lo quieres, nos lo llevaremos.

Subieron los dieciocho escalones. El padre de Otto abrió la habitación de su hijo. Otto se quedó en el pasillo. Escuchó cómo su padre descolgaba el espejo de la pared. A continuación, salió del cuarto con él.

—¿Está satisfecho ahora el señor?

Otto estudió la habitación refugiado tras su padre. El sol estaba ya tan bajo que sus rayos brillaban en la pared, donde se distinguía claramente la sombra de un hombre.

—Ahí hay alguien —murmuró Otto.

—¿Dónde?

—En la habitación.

Su padre le dedicó una sonrisa y abrió la puerta de par en par. En ese momento, la luz se desvaneció.

—Yo no veo a nadie. ¿Tú qué opinas? ¿Estará encantada?

—No, no está encantada —farfulló Otto, que nunca había creído en fantasmas.

Apoyado en el revestimiento de madera del pasillo estaba el espejo. En él, Otto descubrió el reflejo del extraño. Entonces, lógicamente, aquella persona debía de estar en el dormitorio de sus padres. Su padre dijo algo. O, por lo menos, su boca se movió.

—Vamos a dar un paseo hasta la playa. ¿Vienes con nosotros, Otto? ¿Me oyes?

Otto sacudió la cabeza.

—Me quedo aquí. Por cierto, lo del espejo no importa.

Su padre se rió y lo abrazó. Comentó que tenía un hijo dotado para los acertijos. Otto le echó los brazos al cuello. Y vio que el extraño asentía y sonreía. Como si eso le gustase.

—Papá...

—¿Sí, Otto?

—¿Podrías contarme sin grandes complicaciones cómo murió exactamente el abuelo?

—¡Oh, Otto! ¿Por qué sacas constantemente ese tema? Estoy cansado. Deberías superar lo de tu abuelo. ¿Vienes conmigo a la playa? Así tomarás un poco de aire fresco.

Otto repitió su pregunta.

Su padre se preparó para responderla. Se dio la vuelta, estiró los brazos, suspiró y comenzó:

—Fue un accidente. En el astillero. Creo que lo desencadenó una fuga de aceite. Todo el mundo intentó huir, pero había llamas por todas partes. Y gases tóxicos.

—El agua estaba ardiendo —musitó Otto.

—No sé exactamente cómo ocurrió. Quizá el abuelo también tratase de huir. Pero cuando extinguieron el fuego y se pusieron a buscar a los posibles supervivientes, lo encontraron muerto. Nos dijeron que algo le había caído en la cabeza. Nunca llevaba casco.

—Todavía está ahí —se dijo Otto en un susurro—. El pobre abuelo todavía está ahí. No puede escapar.

Otto se acercó a la ventana, se sentó en el alféizar y observó cómo desaparecían sus padres entre los árboles. Entonces, un coche gris se detuvo frente a la casa. Otto cogió su mochila y salvó los dieciocho peldaños que le separaban de la puerta principal.

Mira a través del parabrisas. O hay niebla o están atravesando un túnel que tiene forma de telaraña tridimensional. «Quizá —piensa— no estemos avanzando». Del motor no sale ningún ruido, no nota baches o vibraciones y, lo que es bastante raro, van en línea recta todo el rato. Da la impresión de que simplemente están sentados. Mientras, fuera, algo los adelanta.

De pronto, la puerta se abre. Otto baja y tropieza con el mismo espectáculo que la última vez. Todo es amarillo y negro. El bote se balancea sobre el agua ardiente. Ahora Otto y el conductor caminan apresuradamente. Otto mira hacia arriba, al pintor que pinta todavía el nombre del barco. Ahora pone F E O D... La gente se cruza sin rozarse. Otto ve que la grúa gira y acaba colgando sobre el muelle. La barquilla está en el cable. Otto empieza a correr. Un grupo de hombres se le acerca. Pesadas, retorcidas nubes de humo escalan el cielo como ciclones. Otto se para y distingue a su abuelo, que lleva su viejo mono. Parece que ha estado esperando ese momento durante meses. Un año, dos meses y cinco días. Parece que sus pies están cosidos al suelo. Pero Otto tiene que vigilar la grúa, su enorme barquilla y el cable lleno de llamas que reptan como caracoles.

—¡Abuelo!

—Déjalos en el suelo, Noa.

—Pero abuelo, yo...

Otto mira las palmas de sus manos, que comienzan a sangrar otra vez.

—Rápido, muchacho. No me puedo quedar mucho más. Tengo algo para ti. Una promesa es una promesa.

Otto busca a tientas en su mochila cuando, de repente, el sonido de un alambre que se rompe corta el muelle. El cable se ha calcinado. Justo por el medio. Durante un segundo, las sirenas callan. En ese segundo, Otto advierte que la barquilla vuela libremente por el aire. Como un dado colosal que rueda y rueda. Como a cámara lenta.

—¡La barquilla! —le grita Otto a su abuelo. Sus ojos se encuentran. En ese segundo. La vida y la muerte coinciden. El tiempo y el espacio.

—¿Qué estás haciendo, Otto?

Miró a su madre, que estaba junto a él con un ramo de flores amarillas. Se puso de rodillas y recogió las piezas de su ajedrez magnético, que estaban esparcidas por el suelo.

—Se me han caído.

—¿Se te han caído? Estabas pegado al suelo. ¿Te ocurre algo, Otto? ¿Qué demonios es ese olor?

—Nada.

Él dio tres zancadas hacia atrás, pero su madre lo siguió. Su padre ya estaba sentado en el coche, pitando impaciente.

—¿Has estado fumando?

—Por supuesto que no.

—Tu ropa huele a humo.

—Eso es por la casa.

Ella le estudió. Con suspicacia, como si quisiese decir: «No te creas que me engañas. Ya averiguaré lo que has estado haciendo».

Vio a Ellinor de nuevo en la sala de lectura de la biblioteca. Por casualidad, se sentaron frente a frente, cada uno oculto tras un gran atlas. Los ojos de Otto vagaron por la bonita sala de lectura, por las lámparas del techo, por las mesas tapizadas de verde, por los libros que descansaban en las estanterías lomo con lomo.

—Ellinor —murmuró Otto—, sabes guardar un secreto, ¿no?

Ellinor contestó que ella no era exactamente una cotilla. Otto bajó el atlas y la miró.

—A veces me recoge un extraño coche gris conducido por una extraña persona, alguien que podría ser tanto un hombre como una mujer. No sé si el coche avanza o si son las cosas que lo rodean las que se mueven, pero de repente aparezco en el viejo astillero de mi abuelo. El lugar en el que murió. Llevo los puros. De eso se trata. Vamos, eso creo. Sólo me he atrevido a contártelo a ti. ¿Me estoy volviendo loco? Ahora casi me da miedo estar solo.

Ellinor echó un vistazo a su alrededor.

—Pon la cabeza a remojo. Y las muñecas. Tú no eres el único.

—¿No?

—En octubre. Solía andar de noche. Era un incordio. Llevamos eso dentro. Pensamos que sólo estamos hechos de carne y hueso, que tenemos una cabeza y una memoria. Pero te lo juro, Otto, hay mucho más que eso. Muchísimo más. Hay cosas muy inquietantes. Muy profundas.

—Para serte sincero —Otto movió la cabeza de un lado a otro—, yo opino que esto es algo diferente. ¿Sabes?, estoy convencido de que los puros significan algo. Son un pasaporte o algo así.

—Quizá signifiquen que quieres fumar a hurtadillas.

—Claro que no. Pero me recuerdan a él. A mi abuelo. El olor. Casi me he convertido en un adicto a ese olor.

—Entonces más vale que te libres de esa adicción. Todo se está complicando.

—Se me ha ocurrido un modo de hacerlo. He tomado una decisión. Los he tirado a una de esas bolsas de basura donde ponemos lo que no queremos llevarnos. Así que ahora no poseo nada que ellos deseen. Eso pondrá fin a la presencia de esa extraña persona y su peculiar coche gris. No ha resultado fácil, pero ya está hecho. Hoy recogen las bolsas.

—Perfecto —comentó Ellinor—. En la última partida, tú les has demostrado quién es el jefe.

—Tengo la sensación de que le he decepcionado.

Otto apoyó la cabeza en la mesa.

—¿A tu abuelo?

—Sí, a mi abuelo. Quería los puros desesperadamente.

—Quizá —replicó Ellinor, cansada—, quizá ne-

214

cesite los puros para avanzar —Otto la miró. Ella añadió—: Quizá esté atrapado.

—¿A qué te refieres con «atrapado»?

—Bueno, no sé qué te traes entre manos. Yo tengo mis propios problemas. Pero quizá tu abuelo no pueda avanzar. Quizá eche de menos sus puros. Un coche no puede moverse sin gasolina y a los relojes hay que darles cuerda.

Otto la contempló detenidamente. Y a continuación se levantó.

—Ellinor —dijo con rapidez—, eres fantástica, sencillamente fantástica.

—Vale, pero no vayas contándolo por ahí.

Corrió. Sólo unos pocos metros separaban la biblioteca de su casa. Pero era cuestión de minutos, tal vez de segundos. Dobló una esquina. Sus pies golpeaban el asfalto. «Ya voy —pensaba—, ya voy. Llegaré a tiempo.»

El camión estaba aparcado delante de la puerta. Del tubo de escape salían pequeñas bocanadas de humo azul, como diminutas toses.

—Esperen —gritó—. ¡Esperen!

Vio a su madre, de pie en la acera.

—Esperen —chilló mientras corría hacia un lado del camión.

El hombre que estaba al volante le miró. Su madre se unió a ellos. Preguntó qué demonios pasaba. Qué le pasaba a Otto.

—Un malentendido —jadeó él—. Lo siento, pero debo...

El hombre dijo que tenía otras cosas que hacer. Mientras, Otto trepaba a la parte trasera del camión. Allí había por lo menos cincuenta bolsas

grises. Era el mastodóntico camión de la basura, y
llevaba montones de desperdicios. La madre de
Otto le ordenó que bajara y el conductor, muy
enfadado, salió de su cabina.

—¿Qué estás buscando, Otto?

Él tenía ya media cabeza dentro de una gran
bolsa gris. La bolsa equivocada.

—Baja, chico.

El conductor se preparó para subir a la parte
trasera del camión y echar a Otto personalmente.
Entonces, el niño divisó la caja. Vio claramente su
contorno a través de una bolsa de plástico. Le dio
la vuelta a la bolsa. El hombre se acercaba. Estaba
furioso. A Otto, sin embargo, no le podía importar
menos.

—Baja, Otto —gritaba también su madre.

El hombre le agarró por el cuello de la camiseta
y justo entonces Otto distinguió el coche gris, que
rodaba hacia ellos silenciosamente desde el otro
lado de la calle. Otto rescató la caja de puros de
entre la basura. Saltó y aterrizó ante los pies de
su madre, que lo contempló sin comprender nada.

—Esto es una locura —dijo.

Otto asintió.

—Quizá —replicó—. Pero casi ha acabado.

El camión se marchó. Otto comprobó que su
madre desaparecía tras la puerta y, después, se
acercó al coche gris.

Durante el camino, mantiene los ojos cerrados. Sujeta firmemente la caja de puros y trata de pre-
pararse para lo que le espera. Se dice que proba-

blemente todo saldrá bien. Ahora, en el astillero el pánico es completo. Las ambulancias, los coches de bomberos y los equipos de salvamento se mueven entre los trabajadores heridos. Todo el mundo mira las llamas. Otto camina por la proa del barco hasta el columpio medio abrasado desde donde, tan solo hace un minuto, un pintor pintaba un nombre. La grúa surge sobre la cabeza de Otto. El cable está ardiendo.

—Noa.

Otto, de pie, contempla a su abuelo, que está donde estaba antes.

—Abuelo —murmura—. Ten cuidado con la barquilla; ten cuidado, abuelo.

Otto pronuncia esas palabras aunque sabe que no servirán de nada. Que no hay forma de evitar lo inevitable.

—Deja la caja ahí, muchacho.

Otto deja la caja delante de él.

Entonces se rompe el cable. Con un enorme estallido. Pero algo rueda por el suave asfalto lleno de baches, algo que brilla como el cobre y tiene ruido metálico. Otto coge la llave y todo se diluye envuelto en una nube de humo color sulfuro.

El piso estaba ya casi vacío. El padre limpiaba el cuarto de baño mientras la madre guardaba la ropa. Sólo esperaban a los tres trabajadores de la empresa de mudanzas que recogerían las últimas cosas. La cadena musical, el televisor y el reloj de las agujas inmóviles.

Otto recorría la casa despidiéndose de todo. Incluso de la luz y las sombras de las paredes. Finalmente, abrió la puertecilla rectangular y metió la llave de cobre en el viejo reloj de su abuelo. Le dio ocho vueltas.

Ocho vueltas completas. Completas.

El reloj crujió y protestó. Pero luego brotó el sonido: tictac, tictac, tictac, tictac. Otto puso las agujas en la misma posición que las de su reloj de muñeca. Después, se guardó la llave en un bolsillo.

Un poco más tarde, los de la mudanza se presentaron en la puerta de la habitación. Sudaban, pero parecían amistosos. Cogieron el reloj y lo bajaron con mucha delicadeza por las escaleras.

—Cuidado —dijo Otto—. Pueden cortarse con los filos.

Por el camino, el reloj marcó las doce y tocó una corta y débil melodía.

En el cuarto de baño, el padre levantó la cabeza y, en su dormitorio, la madre se llevó una mano a la boca, impresionada.

Otto se acercó a la ventana y se sentó en el alféizar.

Es un precioso día de verano. Una cuerda cae del cielo. Así debe ser. Colgará de ahí como la cuerda de un campanario. Ni más ni menos.

Otto saltó del alféizar y sacó un sobrecito de uno de los bolsillos traseros de sus pantalones. Se dirigió al buzón de correos y observó cómo la carta desaparecía por la ranura.

«Querida Ellinor:

Nos mudamos hoy. Me encanta nuestra casa

218

nueva. Deberías visitarnos algún día. Como ves, en el sobre he metido una castaña. Tiene un tacto estupendo.

Un abrazo.

Otto

Postdata. También me encanta mi pelo verde.»

(Traducción de M. José Guitián)

Cambio de cerebro

JORDI SIERRA I FABRA (España)

1

LOS gritos eran espantosos, espeluznantes.

Cuando ella llegó, menos de cinco segundos después, él ya estaba sentado en la cama, sudoroso, con los ojos desorbitados y temblando. Ni la luz encendida impedía que lo mirara todo con horror, un horror especial, en las riberas del pánico más absoluto. Al sentarse a su lado, reaccionó y la abrazó con tanta fuerza que le hizo daño.

—¡Mamá! ¡Mamá!

—Cálmate, estoy aquí. ¡Tranquilo!

—¡Siguen ahí, no se van! ¡Quiero que se vayan de una vez, mamá, por favor! ¡Por favor!

Le pasó la mano por la cabeza mientras le estrechaba contra su pecho y lo acunaba. Ella misma trató de dominar el dolor. Casi parecía increíble. Había estado a su lado durante dos horas, sin moverse, hasta verle dormir a causa del agotamiento, y por fin se había decidido a marcharse porque todo estaba en calma, tranquilo. Pero con sólo salir de la habitación...

Un minuto.

Ella también necesitaba descansar. Después de tantos días...

—Mamá, tengo mucho miedo.

—Mañana iremos a ver a otro médico.

—No servirá de nada. No me creerá, y me dará pastillas para dormir, como el otro. ¡Lo que necesito es que alguien los saque de aquí! —se tocó la cabeza con la mano—. Tienen que irse, ¡tienen que irse! ¡Tienen que irse, mamá!

Volvió a sujetarle la cabeza con fuerza. Ya no podía hacer nada. Le dolía tanto como a su hijo. Se estaban convirtiendo en espectros, muertos en vida, los dos, demacrados por la falta de sueño, enloquecidos.

Sí, iban a volverse locos.

—Mañana, Jorge, mañana, te lo prometo —le susurró al oído—. El doctor Puig no es un médico como los demás. Él te curará, ya lo verás. Él te curará, cariño, y podrás dormir.

—¿Y si no...?

—¡Chist, calla!

—Mamá...

—¡Chist!

Continuó abrazándole, con ternura, despacio. Sin prisa.

Los dos sabían que aquella sería otra larga noche.

2

El doctor Puig cerró la puerta de su despacho no sin antes echar un vistazo al niño, sentado, más bien hundido, en uno de los sofás de la sala de espera, perdido y solitario. Su aspecto era terrible, pero no más que el de su madre, con los signos de la preocupación, la tortura y el insomnio reflejados en todo su ser. Cuando ocupó la butaca detrás de su mesa, frente a la mujer, no perdió ni un segundo de tiempo. Conocía ya los antecedentes. Sólo necesitaba unos datos, crear la atmósfera necesaria, darle serenidad.

—Usted dirá...

—Doctor... —comenzó a llorar ella.

—Señora Antich, por favor. En casos así la calma es casi tan importante como el tratamiento.

—Es que son ya... tantos días, y tantas noches...

—¿Cuándo empezó el problema?

—Hace una semana. La pasada ha sido la octava noche —se recuperó la madre de Jorge.

—Fueron al médico... —la invitó a continuar.

—Sí, después de la tercera noche en vela me asusté. Pero ni las pastillas ni nada de lo que le han recetado ha servido para algo. Los calmantes le hacen dormir, sí, pero las pesadillas siguen. En cuanto se duerme, aparecen. No se trata de dormir: se trata de lo que le sucede. De lo que... hay en su cabeza.

—¿Realmente cree eso, señora Antich?

—¿Que si hay algo en su cabeza?

—Sí.

—No lo sé.

—Su hijo dice que unos seres extraños se han instalado en su cerebro, ¿no es así?

—En efecto.

—¿Lo cree? —volvió a preguntarle.

La mujer le miró a los ojos. Los suyos estaban velados por la angustia y el cansancio. No respondió a la nueva pregunta del médico. No podía.

Dejó transcurrir unos segundos.

—¿Qué dice exactamente su hijo?

—Que en cuanto se duerme, aparecen. Bueno..., dice que ya están en su mente, pero de día no se mueven, ni de noche si está despierto. Sólo cuando cierra los ojos y se duerme. A veces le hablan.

—¿De qué?

—Le dicen que se duerma, que no se resista, que es inútil. Jorge insiste en que son cientos, miles, pequeños, y que corren como hormigas. Dice que puede sentirlos, pero sobre todo...

—Siga —la animó el médico al ver que se detenía.

—Jorge dice que puede notar cómo le vacían, cómo se llevan sus recuerdos, cómo lo hurgan, lo registran todo y roban cuanto guarda en su memoria. Incluso asegura que ya están bajando por su cuerpo.

—¿Cómo?

—Cuando no puede más, porque no hay nadie que resista días y días sin dormir, cuando cae casi en la inconsciencia, o los sedantes le amodorran lo suficiente, entonces ellos se mueven libremente, y además de robarle la información, dice que bajan por sus venas y lo registran todo: el corazón, el estómago, el hígado, los riñones... Cada vez que ha sucedido esto, al despertar ni siquiera podía moverse. Estaba aterido, como... ¡como si se hubieran llevado su alma!

—¿Le dijo eso su hijo?

—¡Su alma, sí! ¡Su espíritu, su misma esencia!

El doctor Puig se echó hacia atrás, reclinó la espalda en la butaca y se llevó ambas manos unidas en ademán de plegaria hasta el rostro. Frente a él, la madre del niño lloraba de nuevo, con amargura, con todo el peso de su miedo, porque probablemente pensara también lo más elemental: que Jorge se estaba volviendo loco.

Súbitamente loco.

Esperó con prudencia a que la señora Antich se recuperara. La dejó desahogarse.

—¿Cuándo murió su marido? —le preguntó cambiando de tema.

—El próximo mes hará dos años.

—¿Su hijo y su marido...?

—Estaban muy unidos, sí; aunque lo superó en los meses siguientes, como cualquier niño. Pueden más sus ganas de vivir y crecer que lo malo.

—A veces los malos recuerdos están agazapados, y en el momento más inesperado, aparecen.

—¿Qué tiene que ver lo que pasa con la muerte de mi marido?

—Podría haber conexiones. Los mecanismos de la mente humana son muy intrincados, de la misma forma que a veces *somatizamos* nuestras angustias y problemas a través de enfermedades.

—Pero Jorge habla de unos seres extraños y extravagantes.

—¿Es dado su hijo a las fantasías?

—Como todos los niños.

—¿Cree en fantasmas, monstruos? ¿Ha tenido pesadillas antes?

224

—No, no es de ésos.

—¿Juega con videojuegos?

—No.

—¿Lee?

—Sí, mucho; pero no esa clase de libros.

—¿Qué le gusta hacer?

—Lo que a todos los niños de su edad: jugar al fútbol, ver la televisión, nada especial —ella le mostró sus dos manos abiertas y desnudas, como si quisiera probar que no había nada más. Que no podía haber nada más.

—¿Problemas escolares?

—No.

—¿Le castiga usted, o le pega?

—¡No!

—Lo siento, pero hay que estudiar todas las alternativas posibles —manifestó el médico—. Y es mejor hacerlo antes de actuar.

—¿Actuar? ¿De qué forma?

Se lo dijo sin ambages.

—De momento hablaré con él y, después, le someteré a hipnosis.

La mujer se puso tensa mientras le miraba de hito en hito. Sabía vagamente de qué le estaba hablando el doctor Puig.

—No tema —la tranquilizó él—. Es algo frecuente si se controla, y muy útil para explorar el subconsciente del paciente. Si su hijo tiene algo metido en la cabeza, o cree que lo tiene, averiguaremos qué es y la forma de que pueda librarse de ello. Puede ser tan sencillo como que en la misma hipnosis le arranque la raíz del problema.

—Si le duerme, eso... lo que sea, volverá.

—No le dormiré. Jorge estará consciente. No tema.

—¿Y si fracasa?

El doctor Puig sonrió por primera vez. También era una forma de dar ánimos.

—Vayamos por partes, ¿no cree, señora Antich? Por supuesto que la gravedad del caso estriba en esa lucha que mantiene su hijo por no dormirse, y que choca frontalmente con la necesidad humana de conciliar el sueño. Pero por encima de la urgencia y la gravedad, hemos de ser racionales, analíticos. El problema de Jorge no es un problema común, ni frecuente, pero según mi punto de vista profesional, creo que sí menos difícil de solucionar de lo que podamos creer. Es como un vestido con una mancha que lo afea. Si se lava bien, la mancha desaparece sin dejar rastro. Voy a ver si puedo ser el jabón que lave la mente de su hijo, por así decirlo. Actuando desde fuera y mediante la hipnosis, probablemente lo consiga. Después de todo es un niño, y los niños tienen su mente muy abierta a todo.

—¿Ha tenido algún caso parecido?

Esperaba la pregunta. Fue sincero con ella.

—No, señora Antich, no lo he tenido. Pero soy médico, un buen psiquiatra. Si no lo fuera, no estaría usted aquí. Así que, ahora, ¿nos enfrentamos al problema de una vez?

3

—¿Cómo te llamas?

—Jorge.

—¿Me oyes bien, Jorge?

—Sí.

—¿Estás cómodo?

—Sí.

—¿Despierto?

—Sí.

—¿Tranquilo?

—Sí.

—¿Notas algo extraño en tu cabeza, por ejemplo?

Silencio.

—¿Jorge?

—¿Qué?

—Te he preguntado si notas algo extraño en tu cabeza.

—No, ahora no.

—¿Por qué dices que ahora no?

—Porque ahora estoy despierto, sé que lo estoy, y ellos no se mueven.

—¿Están ahí?

—Sí.

—¿Cómo lo sabes?

—Lo sé.

—¿Y si entro yo en tu mente, Jorge?

Silencio.

—¿Me dejarías entrar?

—Sí —aceptó tras un par de segundos de nueva espera.

—¿Y ellos, me dejarían entrar ellos?

—Supongo que sí. Usted es mucho mayor.

—Entonces quiero entrar, y quiero que tú me sientas dentro de tu mente, que pienses que te hablo desde ella, no desde fuera. Porque soy tu amigo, ¿entiendes? Quiero ayudarte, y librarte de lo que te preocupa. ¿De acuerdo?

—Bien.

—Bien —repitió el médico.

Jorge continuó con los ojos abiertos, fijos en algún lugar del techo. La voz del doctor Puig se hizo más suave, más cálida, aunque su paciente respondía bien a la hipnosis.

—Estoy entrando en tu mente —dijo—. ¿Puedes sentirme en ella?

—Creo que... sí.

—Vamos, haz un esfuerzo, siénteme. ¿Lo notas?

—Sí.

—Pero debes ayudarme, ¿sabes?

—¿Cómo?

—No veo nada, no la conozco. ¿Dónde están ellos?

—No lo sé.

—¿No lo sabes?

—No, no lo sé. Sólo aparecen cuando estoy dormido.

—¿Qué sucede exactamente cuando estás dormido?

—Pues que entonces... ellos aparecen.

—¿De dónde vienen?

—No lo sé.

—Pero ¿de dónde venían antes?

—De su mundo, claro.

—¿Cuál es su mundo?

—Baitián.

—¿Baitián?

—Baitián —repitió Jorge.

—¿Y dónde está Baitián?

—Lejos, en el Universo.

—¿Cómo sabes su nombre y su procedencia?

—Ellos me lo dijeron, para que no opusiera resistencia.

—¿Cómo han podido llegar hasta aquí y meterse en ti?

—Tienen una nave.

—¿Qué clase de nave?

—Es una nave mental, como ellos.

—¿No son entes físicos?

—No.

—¿Y por qué están en ti, Jorge?

—No lo sé.

—¿Hay más?

—No. Sólo están en mi cabeza, también me lo han dicho.

—¿Para qué quieren tus pensamientos, tus recuerdos, tu... alma?

—Se alimentan así. Es su forma de subsistencia.

Extraordinario. Todo un montaje, y creía en él. El doctor Puig decidió que era hora de atacar el problema, o al menos intentarlo.

—¿Les tienes miedo?

Silencio.

—¡Jorge, responde!

—Sí —su voz fue un susurro—, les tengo mucho miedo.

—¿Por su aspecto?

—No los he visto. Sólo los siento, y les oigo.

—¿Por qué les tienes miedo?

—Porque me están matando, lo sé. Cuando se hayan llevado mi última esencia..., me moriré.

—¿Qué harán entonces los baitianos?

—No lo sé.

No esperó más para hacer la pregunta decisiva.

—¿Quieres que se vayan, Jorge?

La respuesta del niño también fue rápida.

—Sí.

—¿Lo deseas realmente?

—Sí —Jorge tragó saliva.

—Jorge, es importante que lo sientas, muy importante. No basta con desearlo, has de... gritarlo, pedirlo con todas tus fuerzas. Voy a preguntártelo otra vez: ¿Quieres que se vayan?

—Sí.

—Repítelo.

—Sí..., sí...

—¡Más fuerte!

—¡Sí!

—¡Más fuerte! ¡Grítalo!

—¡Sí, sí, sí!

—¡No los quieres dentro de ti! ¿Verdad?

—¡No los quiero!

—¡Tienen que irse! ¡Fuera! ¡Fuera, Jorge!

—¡Fuera!

Se movía agitado, sudaba y jadeaba, daba golpes con sus manos, como si apartara algo invisible que estuviera delante de sus ojos abiertos. El médico supo que había logrado abrir un canal con la mente del chico, y que ése podría ser el comienzo de su liberación. Jorge realmente quería expulsar a sus demonios. Ésa era la mejor terapia: sus ganas de ser libre. No había en él nada que los retuviera.

—Bien, Jorge, bien, tranquilo, tranquilo —volvió a hablarle con mesura, recuperando la calma—. Es evidente que lo quieres así, por lo tanto hazlo. Puedes hacerlo, así que... ¡Hazlo!

—¿Qué tengo que hacer?

—Échalos.

—¿Ahora?

—Ahora.

—¿Cómo?

—Tú eres el dueño de tu mente. Si tú no los quieres, no pueden estar ahí. Has de decirte a ti mismo: «¡Basta!». Con eso es suficiente ahora que yo estoy en ti y he abierto un canal. Dilo y se irán.

—¿Basta?

—Sí.

—Basta.

—Fuerte.

—¡Basta!

—Más fuerte.

—¡¡¡Basta!!!

Esperó unos segundos tras el grito de Jorge, no demasiados. Luego le cogió la mano y se la acarició. Hizo lo mismo con la frente.

—Eres libre —dijo.

—Pero ellos...

—Se han ido, no volverán. Debes creerlo, Jorge. Esta noche dormirás en paz. Los baitianos ya no pueden hacerte nada. Ahora eres más fuerte que ellos.

Tan simple, tan fácil. Autosugestión pura. Era un niño y tenía que bastar.

Jorge se fue tranquilizando, despacio. Acabó muy quieto.

—¿Estás bien, hijo?

—Sí.

—Entonces, cuando cuente tres, vas a despertar. ¿De acuerdo?

—Sí.

—Uno.

Jorge acompasó la respiración.

—Dos.

Una sonrisa.

—Tres.

Y despertó.

4

La madre de Jorge aún vacilaba. Obviamente no le creía. Tenía dudas.

—¿Y si esta noche...?

—Todo es posible —reconoció el médico—, incluso que me haya equivocado, pero no lo creo. Desde luego, si esta noche vuelve a tener esa pesadilla, repetiremos la sesión. Según mi experiencia, Jorge sufría un proceso de ansiedad, un proceso agudo y muy fuerte, y había llegado a creer en la existencia de esos seres extravagantes. No hay nada más especial que la imaginación de un niño para dar forma a lo que es absurdo. Lo único que he hecho ha sido decirle que es fuerte, más que ellos, y que juntos hemos abierto una puerta, un canal, por el que esos seres se han ido. Le he dado un punto de apoyo, y lo he hecho desde dentro. Habría sido imposible desde fuera.

—Doctor Puig, si es así...

—No es más que un niño, señora Antich —sonrió el médico—. Las fantasías a su edad pueden ser muy fuertes, parecer reales, y desde luego son peligrosas, no hay que dudarlo. Pero Jorge es fuerte. Todos los niños no lo son. Puede que le salga ahora el dolor verdadero por la muerte de su padre, o que haya querido llamar su atención. Cómo saberlo. Hay decenas de cosas que influyen. Obsérvele atentamente las próximas semanas y esté muy cerca de él.

—Lo estaré.

—Por supuesto —volvió a sonreír entendiendo que era una observación absurda.

—Gracias, doctor Puig —le tendió la mano.

El hombre se la estrechó. Luego le abrió la puerta. Jorge estaba en la sala, sentado, leyendo un cómic de fantasía, con héroes galácticos y monstruos extravagantes.

—¿Estás bien? —le preguntó.

—Sí; sí, señor —afirmó el niño.

—Suerte —le deseó el médico.

Y mientras Jorge y su madre abandonaban la consulta, volvió a cerrar la puerta con una sonrisa en los labios.

5

Abrió los ojos y se quedó inmóvil, esperando.

Nada.

Y no soñaba. Realmente acababa de despertar. Eso significaba que...

Miró a su alrededor, aún muy quieto. La luz estaba encendida, pero por la ventana el día había iniciado su vuelo hacía mucho ya. Un par de horas o más.

Toda la noche.

Había dormido toda la noche.

De un tirón, feliz, sin pesadillas.

Giró levemente la cabeza. Su madre dormía a su lado, vestida, sobre la cama. Ella también compensaba tantos y tantos días de insomnio compartidos con él. Por ello no quiso despertarla. Se incorporó un poco.

Olvidaba que era su madre.

La mujer abrió los ojos en ese momento, alertada por el leve cambio, y se encontró con los suyos. Pareció agitarse, inquieta. Él impidió la reacción de miedo o dolor.

—Se han ido.

—¿Qué?

—Se han ido, mamá. Ya no están dentro de mí.

—Jorge, ¿seguro que...? —casi no podía creerlo.

Su hijo asintió con la cabeza, emocionado. A ella le bastó con mirarle para saber que así era, que no sólo había conseguido dormir sino que aquello, lo que fuera, había terminado.

—¡Oh, hijo! —le abrazó con todas sus fuerzas, dando rienda suelta por fin a su alegría—. ¡Cariño, cariño mío!

—Ese médico se los ha llevado, mamá. Realmente los ha sacado de mi cabeza y se los ha llevado. ¡Ya no volverán!

—No, claro que no —detuvo sus lágrimas—. No volverán nunca más.

Continuaron así, abrazados, unos segundos más, tal vez un minuto, hasta que él se separó de su madre y la miró con el ceño fruncido, no temeroso pero sí preocupado.

—Me pregunto dónde estarán —musitó con extrañeza.

—Ahora ya no importa, ¿verdad? —su madre le acarició la mejilla—. Estén donde estén, ya no podrán hacerte daño. Eso se acabó.

—Sí, mamá, se acabó —dijo él, agotado pero feliz—. Tienen que estar en alguna parte, ¿no?

6

El doctor Puig entró en el cuarto de baño tambaleándose. Se miró al espejo y en ese mismo instante sintió el impacto del golpe, como si un puñetazo hubiera machacado su razón para enfrentarle a la noción macabra de todo el pánico que le invadía.

Lo que vio fue superior a lo imaginado. Era él, pero apenas se reconocía. Ojos vidriosos, el horror pintado en ellos, la convulsión y el miedo. Y era sólo una noche.

—Dios mío... —exhaló con espanto.

Lo intentó de nuevo, de pie, lejos de su cama. Después de todo ya era de día. Tal vez...

Cerró los ojos.

Fue un simple segundo.

—Estamos aquí —cantó una voz en alguna parte de su mente.

No sólo fue la voz. En ese simple segundo pudo sentirlos, hurgando en su cerebro, yendo de un lado a otro, vaciándolo de emociones y sensaciones.

Volvió a abrir los ojos.

Sí, desde luego, estaban allí. Ellos.

Y supo que por mucho, mucho tiempo. Posiblemente demasiado.

Porque una sola hora con los baitianos bastaba por toda una eternidad.

Índice

:L BARCO DE VAPOR

ERIE ROJA (a partir de 12 años)